AF281175

Herstellung und Verlag:
Books on Demand GmbH, Norderstedt
ISBN 978-3-8391-0811-6

Wilma Frohne

ZWEI- UND MEHRBEINER -

LEBEN UND TRÄUMEN

Tiergeschichten

FRÜHJAHR

Ach du je oh je!

Die Sonne schien, und bei dem herrlichen Wetter stand die Balkontür weit offen. Eine Sonnenstraße verlief schräg durch das Zimmer, und eine Meise flog auf dem Lichtstreifen herein. Vor der Couch, am Ende der Helligkeit, flatterte sie aufgeregt. Zu meinem Entsetzen schwirrte noch ein schreiender Vogel ins Zimmer. Vielleicht Herr Meise? Ob er seiner Frau helfen wollte und ihr erzählte, dass sie umkehren und auf der Sonnenbahn wieder nach draußen fliegen solle? Jedenfalls musste sie ihn verstanden und ihm auch Recht gegeben haben, denn beide flogen eine enge Kurve und hintereinander nach draußen.

Was war ich froh, dass sie den Weg gefunden hatten und ich nicht irgendwelche Experimente anstellen musste, um sie aus der Wohnung zu kriegen!

Erst jetzt merkte ich meine weichen Knie, stellte die Gießkanne auf den Tisch und setzte mich in meinen Schaukelstuhl. Genau in dem Moment, als die erste Meise ins Zimmer schwebte, hatte ich vom Korridor in den Raum gehen wollen, um die Zimmerpflanzen zu gießen. Wie angewurzelt war ich jedoch in der geöffneten Tür stehen geblieben. Zum Teil wohl aus Schreck, zum Teile aber auch, um den Vogel nicht durcheinander zu bringen, denn ich hoffte, dass er seinen Irrtum bemerken würde und sofort nach draußen zurück fände. Als dann der zweite Vogel ins Zimmer flog, war mir das Ruhigsein und Stillstehen allerdings sehr schwer gefallen.

Die Meisen waren auf den Bodenfliesen des Balkons gelandet, unter der Liege her zum Pflanzkübel mit der

Tomate getrippelt und hineingesprungen. Sie hatten ihre kleinen Krallen in den Stamm gehakt, kletterten beim Suchen nach Ungeziefer langsam höher und verschwanden nach kurzer Zeit zwischen den Ranken von Wicken und Efeu. Ab und zu leuchtete ein gelber Bauch oder hellgrüner Rücken durch die Blätter. Manchmal erschien auch ein wippender Schwanz neben einer blühenden Rispe. Sie sah dann aus wie eine exotische Blüte.
Die Vögel pickten mit ihren kurzen Schnäbeln eifrig an Blättern, Blattstielen und Blüten. Die Meisen kletterten oder hüpften bei der Futtersuche auf die nächste Sprosse des Gitters oder die nächste Ranke. Manchmal ließen sie dabei ihre Beine in den Bauchfedern verschwinden oder hängten sich an einen Ast und schaukelten. Es machte ihnen auch gar nichts aus, mit dem Kopf nach unten zu hängen und dabei zu picken. Sie schienen sich bei ihrer Futtersuche überhaupt sehr sicher zu fühlen. Nachbars Katze brauchten sie sowieso nicht zu fürchten. Die trägt ein Halsband mit Glocke. Arme Katze! Für die Vögel ist es natürlich gut. Aber es gibt ja noch andere Nesträuber.
Die Meisen suchten und suchten, und ich wusste, dass sie einiges finden konnten. Vor drei Tagen hatte ich gegen die kleinen schwarzen Fliegen und grünen Läuse besprüht. Heute wäre der nächste Spritztermin. Laut Flaschenaufkleber war das Mittel für Bienen und Vögel jedoch nicht schädlich. Ich seufzte.
Ab und zu flog ein Vogel weg, kehrte aber immer schnell zurück. Und dann fiel mir ein, dass sie Junge haben könnten.
„Ob die Meisen vielleicht in der Weißdornhecke zum Nachbargrundstück nisten? Ob sie von hier aus

vielleicht sogar ihr Nest beobachten können? Sie brauchen dann auf alle Fälle ihren Nachwuchs nicht lange allein zu lassen."
Während ich meinen ungebetenen Gästen zusah, überlegte ich, ob ich gegen Ungeziefer spritzen oder Fliegen und Läuse für die Meisen auf meinem Balkon züchten sollte.
Die Brut würde bis zum Ausfliegen ungefähr drei Wochen im Nest hocken. Diese sechs bis elf Jungen vertilgten beim Heranwachsen immerhin etwa sieben- bis achttausend Insekten, Maden, Spinnen und Würmer. Kaum vorstellbar. Das Versorgen der weit aufgesperrten hungrigen Schnäbel mit so viel Getier war, besonders bei nassem und kaltem Wetter, bestimmt schwierig. Eine anstrengende Zeit für die Vogeleltern.
Sollte der Besuch in meinem Wohnzimmer vielleicht gar kein Irrtum gewesen sein. Wollte die Meisenmutter etwa von mir Unterstützung!? Aber auf dem Balkon Vogelfutter züchten! Nur mein Balkon als Futterquelle würde ihnen ohnehin nicht reichen bei dem riesigen Hunger des Nachwuchses.
Verzichten musste ich in der Zeit auch auf den Balkon, denn mich sonnen zwischen Fliegen, Läusen und hin und her flatternden Vögeln!? Aber drei Wochen wäre ja nicht die meiste Zeit. Doch wie viele schöne Tage bringt der Sommer!?

Pensionsgast Goldi

Gerade als Bärbel Hoffmann die Serviette zum vierten Gedeck legte, kurvte Skatdame Monika in die Einfahrt und parkte neben der Hainbuchenhecke. Einmal in der Woche spielten die Damen zusammen. Dieses Mal trafen sie sich hier in der Eichenstraße.
Bärbel öffnete die Haustür, half ihrer Freundin aus dem Mantel und führte sie zum Hamsterkäfig im Wohnzimmer.
„Darf ich vorstellen: Goldi, mein Pensionsgast für vierzehn Tage."
Der rötlichgelbe Goldhamster mit dem weißen Bäuchlein saß vor seinem Schlafhäuschen, schnupperte etwas in Richtung der Frauen und trippelte dann zu seinem Wassernapf.
Gleichzeitig mit dem Schlagen der Wanduhr läutete die Türklingel. Die beiden anderen Damen des Kränzchens waren da. Wieder stellte die Hausfrau den Goldhamster vor. Der kleine Kerl erhob sich diesmal zur Begrüßung auf die Hinterpfoten.
„Du bist aber hübsch", flüsterte Helma und zog sich langsam einen Hocker vor den Käfig.
„Ich bin allergisch gegen Tierhaare", stöhnte Rita und nieste. „Bei dir können wir uns jetzt nicht mehr treffen."
Helma kraulte trotz der scharfen Krallen und langen Zähne des Tierchen mit dem Zeigefinger seine Bäckchen und antwortete: „Du brauchst ihn ja nicht anzufassen und die paar Stunden hier werden dich nicht gleich umbringen."

Bärbel holte den Kaffee und bat ihre Gäste zu Tisch. Helma verschwand kurz im Bad und setzte sich danach auf ihren Stuhl. Heute beteiligte sie sich kaum am Gespräch, beobachtete lieber den in seinem Käfig hin und her trippelnden, auf die Leiter kletternden und Männchen machenden kleinen Kerl. Als er ihr die schwarze Nase durch die Gitterstäbe entgegenstreckte, schüttelte Helma den Kopf, flüsterte: „Ich darf dir nichts geben", und erkundigte sich: „Warum hast du uns nicht erzählt, dass du dir einen Goldhamster zulegen willst?"
Bärbel zuckte mit den Schultern und lächelte.
„Es ist nicht meiner. Er gehört meinem Enkel. Das Tierchen ist sozusagen mein Pensionsgast."
Rita atmete tief. „Und ich dachte schon..."
„Martin ist für vierzehn Tage mit seinen Eltern in die Toskana gefahren", fuhr Bärbel fort. „Er hat mich gefragt, ob ich auf seinen Hamster aufpassen würde, weil sein Freund selbst mehrere hat und ihn daher nicht zu sich nach Hause nehmen wollte."
Helma setzte sich wieder vor den Käfig und flüsterte mit dem ,Pelzchen'. Es schien Goldi zu gefallen, denn ganz gegen seine Gewohnheit sprang er jetzt in sein Laufrad und rannte einige Runden.
„Treffen wir uns zum Kartenspielen oder zum Hamsterankucken", zischte Rita.
Bärbel legte Block und Bleistift auf den Tisch, mischte die Karten und teilte aus. Helma setzte sich zu ihnen und fragte: „Und womit fütterst du ihn?"
„Martin brachte das Futter mit. Ab und zu gebe ich ihm auch ein Stückchen Apfel oder so."

„Guck doch mal Rita, der Süße sitzt vor seinem Napf und tut, als fräße er. Dabei sammelt er alles in seinen Backen. Der Kopf ist jetzt fast so dick wie sein Körper."
Nur kurz blickte die leidenschaftliche Spielerin Rita zum Käfig, ehe sie „Achtzehn!" ansagte.
Monika schaute daraufhin in ihre Karten und erwiderte: „Hab' ich."
„Zwanzig!"
„Hab' ich auch."
„Zwei!", Monika gab ab.
Helma wiegte den Kopf von rechts nach links und sagte: „Weg!"
„Meinst du den Hamster oder das Spiel?", fauchte Rita, da sie sah, dass Helma statt in die Karten zum Käfig schaute.
„Beide, denn er ist auch verschwunden." Monika schaute Bärbel an.
„Stört dich nachts sein Rennen im Laufrad nicht?"
„Im Schlafzimmer ist davon nichts zu hören."
Rita legte die erste Karte auf den Tisch. Die Damen konzentrierten sich. Kaum waren die Punkte gezählt, mischte die nächste.
„Wo lässt du ihn denn, wenn du den Käfig sauber machst?"
„Das brauche ich nicht. Dafür kommt alle drei Tage Martins Freund."
„Der mit den vielen Hamstern?"
„Jaha. Er kommt mit einem schmalen hohen Karton, setzt Goldi hinein, säubert gründlich den großen Käfig und bringt hinterher auch den Dreck weg."
Eine Woche später kehrte Martin braun gebrannt und glücklich aus den Ferien zurück. Als der Zehnjährige

Goldi abholte, umhalste er seine Oma und gab ihr dann ein Päckchen.

„Für mich? Danke!" Und verwundert über das Geschenk fügte sie hinzu: „Ich habe doch gern auf deinen Hamster aufgepasst und viel Spaß an dem kleinen Kerl gehabt."

„Ja, Omi, ich weiß."

Da die Großmutter das Päckchen jedoch nicht öffnete, sondern auf den Tisch legte und ihrem Enkel beim Spielen mit dem Hamster zusah, drängte Martin: „Pack' doch aus."

Sie wusste, dass er gern Päckchen öffnete und schob es zu ihm.

„Pack' du für mich aus."

Der Junge schüttelte den Kopf.

„Es ist doch mein Mitbringsel für dich."

Behutsam löste Oma Bärbel die Schleife, entfaltete vorsichtig das Geschenkpapier - und vor ihr stand eine weiße Bechertasse mit dem Bild eines rötlichgelben Goldhamsters darauf. Martin strahlte seine Großmutter an und sagte: „Damit du Goldi nicht so vermisst, wenn ich ihn jetzt wieder mitnehme."

Oma Bärbel nahm die Tasse in die Hand, streichelte mit dem Daumen über das Bild und lächelte.

Pferdestärken

Lotte schnaubte, stampfte und zerrte am Halfter. Ihr langer Schweif peitschte die Zeltplane des Anhängers. Herr Gerber stieg aus seinem Landrover, ging zum Ende des Gespanns, schaute über die niedrige Rückwand des Pferdeanhängers und klopfte die Kruppe der Stute.

„Ich weiß ja, dass du dich in diesem Transporter mit der niedrigen Heckklappe nicht wohl fühlst", redete er an ihrem Hinterteil vorbei, „und auch, dass dich dieser fremde Geruch stört."

Die Stute hatte den Kopf zur Seite gewendet, versuchte über ihre Schulter nach hinten zu sehen und horchte.

„Bald kannst du wieder in deine Box. Wir brauchen ja nicht mehr weit."

Lotte spielte mit den Ohren, schnoberte, und immer wieder strich Gerber liebevoll und beruhigend über das seidig glänzende Fell. Vielleicht wollte er auch sich selbst beruhigen, denn er wusste ja, dass plötzliche Gewichtsverlagerung, besonders in einer Kurve, Auto und Anhänger umkippen könnte.

„Gib Ruhe! Je eher wir zu Hause sind, desto eher kannst du aus dem Anhänger heraus. Sei ein vernünftiges Mädchen", beschwor er Lotte noch einmal, seufzte, ging nach vorn und sprach noch beim Vorbeigehen am Anhänger durch die Plane mit dem Tier. Es stand ganz ruhig. Er stieg ein und horchte. Ruhe. Er ließ den Motor an. Die Stute schnaubte. Gerber fuhr trotzdem los und auch langsam weiter, obwohl die Stute anfing zu scharren und zu stampfen.

„Lotte!“, redete er vor sich hin, „ich kann nicht dauernd anhalten.“ Er sah in den Rückspiegel und brummte. „Hinter uns ist schon eine Autoschlange.“

Der Fahrer des nachfolgenden Cabrios schrie, winkte, blinkte mit der Lichthupe und versuchte den Pferdetransporter auf den Rasenstreifen zu drängen. Gerber schüttelte den Kopf über soviel Unvernunft, und obwohl er genau wusste, dass der andere ihn nicht hören konnte, sagte er: „Schnelleres Fahren ist wegen der vielen Kurven sowieso zu gefährlich. Außerdem tänzelt die Stute, und wenn Pferde einmal unruhig geworden sind, ist es schwierig mit ihnen. Hör lieber auf zu drängeln und zu hupen. Der Krach reizt die Stute noch zusätzlich. Lass auch lieber dein dichtes Auffahren, nachher passiert bloß noch ein Unfall dadurch.“

Und dann hörte Gerber die Motorräder kommen.

„Diese Hornissen haben mir gerade noch gefehlt.“

Ein Motorrad nach dem anderen fuhr vorbei. Kaum war der Fahrer an dem Gespann vorüber, gab er Gas und brauste mit aufjaulendem Motor davon. Das Pferd reagierte nicht nervöser als vorher. Aber die Autofahrer! Sie ärgerten sich ja schon die ganze Zeit über das langsame Vorwärtskommen, doch jetzt besonders, da sie noch von diesen Feuerstühlen überholt worden waren. Wegen der kurvigen Straße eigneten sich nur kurze Strecken zum Überholen und daher ließ der Fahrer des Cabrios kaum Abstand zum Pferdeanhänger.

„Blöder Kerl“, schimpfte Gerber in seinen Rückspiegel. „Krieg' dich ein! Es bringt doch gar nichts. Mach es dir bequem in deinem Angeberauto und sonne dich.“

Plötzlich hoppelte ein Kaninchen auf die Straße.

Bremsen quietschen und das Karnickel sprang zurück in den Graben. Das Gespann schlingerte und stand. Lotte wieherte, stampfte – und hob den Schwanz. Gerber lehnte sich zurück, wischte sich den Schweiß von der Stirn und erschrak. Er konnte im Rückspiegel den vorderen Teil des Sportwagens nicht mehr sehen, sprang aus seinem Landrover, rannte nach hinten und schrie: „Ist was passiert?"

Der Sportwagenfahrer hatte auch sofort gebremst. Der Kühler des Cabrios und das Heck des Transporters berührten sich fast. Es hatte jedoch keinen Unfall gegeben. Bloß die Kühlerhaube des Dränglers war dekoriert. Gerber grinste, klopfte Lottes Kruppe und fragte: „Na, Mädchen, geht es dir jetzt besser?"

Die Stute schnoberte.

„Ist ja halb so wild", sagte er zu dem aufgeregten Sportwagenfahrer. „So was bringt Glück. Sind Sie froh, dass der Anhänger nicht höher ist und Sie nicht weiter unter ihm erst zum Stehen gekommen sind."

Doch der Mann stand, starrte auf sein Auto, schüttelte den Kopf und sagte immer wieder: „Mein schönes neues Auto! Mein schönes neues Auto."

Vorsichtig schlängelte sich ein Fahrzeug nach dem anderen an dem Cabrio vorüber. Die Fahrer und Mitfahrer der weiter hinten in der Schlange wartenden Autos reckten die Hälse und schimpften auf den bei der Enge am Straßenrand parkenden Sportwagen. Doch sobald sie daneben waren, verflog die Wut und Schadenfreude erfüllte sie über den Berg glänzender dunkelbrauner Pferdeäpfel auf der Motorhaube des sonst schneeweißen Flitzers.

Schabernack und Vergnügungssucht

Wegen meiner Behinderung sitze ich viel am Fenster und beobachte die Welt. Früher waren Elstern für mich nur schwarz-weiße Vögel. Seit einiger Zeit aber habe ich meine Elster Emilie. Ihre Rückenfedern schillern blauschwarz und schräg über jeden Flügel ist vor den Schwungfedern ein weißer Streifen. Auch der Bauch ist weiß, aber dunkle Federn umgeben die wohlgenährten Böllchen. Die Füße umspannt fleischfarbene Haut und die Krallen sind schwarz.
Eines Morgens zur Frühstückszeit hockte Emilie auf dem Geländer des Balkons. Sie saß erst ganz still und blickte zu mir herein, spazierte dann hin und her, hüpfte auch mal seitwärts und nickte dabei mit dem Kopf. Dann flog sie weg. Doch der Platz muss ihr gefallen haben, denn sie kam von da an regelmäßig. Manchmal brachte sie sogar zwei ‚Freunde' mit. Die Vögel hockten dann nebeneinander, äugten zu mir ins Zimmer, keckerten mehrmals und schwebten davon. Sie zogen einige Kreise, landeten danach auf dem Kinderspielplatz, stelzten zum Papierkorb und hüpften auf seinen Rand. Von dort spähten sie in den Abfallbehälter, verschwanden abwechselnd in ihm und schmissen Joghurttöpfe und Papier einfach aus ihm heraus. Hatten sie aber Silberpapier von Schokolade oder Zigaretten gefunden, flogen sie damit weg, brachten es wohl gemäß ihrem Sammelinstinkt zu einem Versteck, kamen zurück und ‚arbeiteten' keckernd weiter. Früher hatte ich immer geglaubt, der Wind wäre für die Unordnung verantwortlich.

Den Wildkirschenbaum lieben alle Vögel. Wenn die Elstern dort hin wollen und er gerade von Schwarzdrosseln besetzt ist, schimpfen diese und versuchen die Ankömmlinge zu vertreiben. Meistens gelingt es ihnen aber nicht und die Schwarzweißen siegen. Wird von dem Gezeter jedoch die getigerte Katze des Nachbarn angelockt, stieben alle gemeinsam davon. Auf der anderen Straßenseite steht seit einigen Tagen ein Aufzug für Baumaterialien. Als die Monteure weg waren, flog Emilie drüben auf die Wiese, setzte bedächtig einen Fuß vor den anderen und näherte sich langsam dem Ungetüm. Die anderen Elstern beobachteten von der Dachrinne des Hauses Emilies Treiben. Zuerst beäugte sie die vier Räder von außen, dann von den Seiten, stakste vorsichtig, sichernd, zwischen ihnen durch und hüpfte danach auf die Ladefläche. Dort schritt sie von rechts nach links und wieder zurück. Da sich nichts bewegte und alles ruhig blieb, wurde sie mutiger, sprang auf das Transportband und hackte es. Dann flog sie davon.

Am anderen Morgen besuchte mich Emilie wie immer, äugte allerdings nur kurz zu mir herein, stampfte ein paar Mal und flog zu ihren Freunden. Die saßen schon unterm Kirschbaum und beobachteten die Monteure am Nachbarhaus. Während der Frühstückspause dort schwebten die Vögel gemeinsam zur Wiese hinüber und es dauerte nicht lange, bis Emilie auf die Ladeplattform sprang. Als die Arbeiter aus ihrem Bauwagen kamen, verschwanden die Elstern. Emilie flog aber nur um die Hausecke. Von dort linste sie durch die Ritze zwischen Hauswand und Regenrohr.

Ein Arbeiter stapelte wie vorher Dachpfannen. Sie verfolgte von ihrem Versteck wie der Aufzug rauf fuhr, leer geräumt wurde, runter rappelte, wieder beladen wurde und wieder hinauffuhr.

Nach einiger Zeit traute sich Emilie, auf die Plattform zu hopsen, flog aber sofort wieder weg. Mit ihrer Familie inspizierte sie den Spielplatz. Doch daran hatte sie nicht lange Spaß, sondern schwebte zurück zur Baustelle und setzte sich dort unter einen Strauch. Die anderen Elstern blieben auf dem Spielplatz, schauten ihr nach und krächzten.

Der Ladearbeiter hielt Emilie eine Dachpfanne hin. Sie tat, als ginge es sie nichts an und scharrte im Laub, doch ich sah, dass sie ihn und den Lastenaufzug genau beobachtete. Und als wieder eine Ladung hochgezogen wurde, nahm Emilie Schwung, sprang auf das Material und fuhr mit. Kurz bevor der Aufzug oben stoppte, flatterte sie weg in den Birnbaum.

Am anderen Morgen, nachdem Emilie mich besucht und mit ihrer Familie den Papierkorb ausgeräumt hatte, suchten alle drüben zwischen den Sträuchern und später auch auf der Wiese nach Futter.

Der Arbeiter an der Ladestelle musste wohl seinen Kollegen Zeichen gegeben haben, denn es wurde ruhig dort. Er bediente jedoch wie vorher den Aufzug und wie vorher wurde oben entladen. Emilie beäugte ihn, den Aufzug, setzte vorsichtig und langsam einen Fuß vor den anderen und stelzte näher. Beim Losfahren eines Stapels hüpfte sie auf das Material, fuhr ein Stück mit und flog in den Birnbaum.

Es musste ihr wieder sehr gefallen haben, denn trotzdem die Handwerker später hämmerten und sägten, leistete sie sich noch einige solcher Fahrten.

Krötenwanderung

Harald stellte den Fernseher leiser, horchte und ging dann zum Telefon. Beim Abnehmen des Hörers tönte lautstark die Stimme seines Freundes: „Da bist du ja endlich. Kuck mal in euern Teich."
Harald hatte keine Lust auf ein Schwätzchen. Er wollte im Fernsehen das Autorennen verfolgen, auf das er sich schon lange gefreut hatte, und sagte: „Ich weiß. Der Springbrunnen läuft. Wir reden später, ja!?" Beim Auflegen hörte er: „Kröte!", riss den Hörer ans Ohr und fauchte: „Was soll das!?"
„Reg' dich ab. Du bist nicht gemeint. Ihr habt Kröten."
„Waaass?"
„Du hast dich nicht verhört. Tschüs."
Einige lange Schritte, und der junge Mann stand am Gartenteich. Die Wasseroberfläche war spiegelglatt. Die Fische schwammen ruhig.
„Philipp hat geträumt", brummte er, drehte sich um und blickte durch die offene Terrassentür auf den Fernseher. Der Ferrari schoss gerade durch die Südkurve.
Hinter Harald platschte es. Er schaute zurück zum Teich, sah wie etwas dunkel Glänzendes verschwand und starrte auf die größer und gleichzeitig flacher werdenden Kreise des Wassers. Auf dem Bildschirm jagte Mercedes den Ferrari und die Stimme des Reporters sprudelte vor Begeisterung. Harald seufzte.
„Ich hätte so gern das Rennen verfolgt. Aber ich muss wissen, ob wirklich Kröten im Teich sind." Er klopfte eine Zigarette aus der Schachtel. Gleichzeitig mit dem Schnippen des Feuerzeuges gluckerte das Wasser. Eine

Krötenfrau, mit ihrem Männchen auf dem Rücken, war in der Mitte des Teiches aufgetaucht und schwamm zum Schilf. Harald stand ganz still, sah den Tieren gebannt nach und der Wind blies die Flamme des Feuerzeuges aus.

„Philipp hat tatsächlich richtig gesehen!"

Da sonniges Frühlingswetter setzte er sich draußen in einen Sessel, starrte zum Schilf und dachte: „Kröten wandern doch immer zu ihrem Laichgewässer zurück. Und dieser Teich ist neu. Sie können also im vergangenen Jahr nicht hier gewesen sein. Warum sind sie bloß nicht wie sonst zum Naturschutzgebiet marschiert? Wegen der Krötenwanderung ist doch seit Mitte des Monats nachts sogar die Moorstraße gesperrt."

Wieder gluckerte das Wasser. Noch ein ‚Huckepack-Pärchen' tauchte auf und ruderte zu den Rohrkolben.

„Wir haben doch einen Teich für Fische und nicht für Kröten angelegt", knurrte er, steckte sich die nächste Zigarette an und betrachtete die warzigen und lehmfarbenen Gesellen. Zählen konnte er die Punkte auf ihren Rücken allerdings nicht, doch wegen der schlanken Körper vermutete er, dass es sich nicht um Kröten, sondern um Frösche handelte.

„Ob sie im Dunkeln auch anfangen zu Quaken und wir heute Abend ein Froschkonzert hören?"

Harald schaute zum Fernseher. Der Spaß am Autorennen war ihm jedoch verleidet, obwohl sich der Abstand zwischen Ferrari und Silberpfeil verringerte.

Er lehnte sich im Sessel zurück und überlegte, dass allein zwei Pärchen schon drei- bis viertausend Eier oder sogar das Doppelte ablegen und somit für sehr viel Betrieb im Teich sorgen könnten. Eine Menge der Eier

und Kaulquappen würden zwar Fische und Wasserinsekten fressen, aber wenn nur einige groß werden, ist der Teich bald zu klein.
Es werden auch bestimmt Reiher angelockt und die sind dann mit so einem Häppchen nicht zufrieden. Sie picken sich gleich noch einen Fisch mit heraus.
Doch wenn die Froscheltern blieben, könnten sie mit ihrer langen klebrigen Zunge im Sommer viele Mücken fangen. Und Schnecken, die sie sogar mit ihrem harten Haus verspeisen würden.
Harald wählte Philipps Nummer: „Du hast recht. Wir haben Frösche. Was kann man denn gegen dieses Krötenzeug tun?"
„Mach dir keine Sorgen. Die Hüpfer verschwinden sowieso von allein wieder dorthin, wo sie her gekommen sind, sobald sie ihre Eier abgelegt haben."
„Und dann bevölkert ihre Brut den Teich."
„Na ja, Du könntest ihre Laichketten mit dem Käscher abfischen, in einen Behälter stecken und zum nächsten Gewässer bringen." Philipp kicherte. „Du könntest aber auch eine Zucht aufmachen und dann öfters preiswert Froschschenkelsuppe essen."
„Also weißt du...!"
Über den Baumkronen färbte sich der Himmel purpurn. Es wurde kühl. Harald ging ins Wohnzimmer, schloss mit einem finsteren Blick auf den Teich die Terrassentür und verfolgte dann gespannt die über den Bildschirm flimmernden Höhepunkte des Autorennens.

Bequem, aber clever

Die Standuhr ächzte und schlug einmal.

„Typisch", dachte Nora, „immer wenn man wissen will, wie spät es ist, schlägt es halb."

Sie stand auf, öffnete das Fenster und kroch dann in ihr mollig warmes Bett zurück. Die Decke bis zu den Ohren gezogen, atmete sie tief die frische Morgenluft, horchte auf das Gezwitscher der Vögel und hörte dann den Kuckuck rufen. Aufmerksam lauschte sie und hatte bis neunzehn gezählt, als er schwieg.

„So viele Jahre werde ich also noch die blühenden Obstbäume sehen, die mir immer vorkommen wie riesige bizarre Blumensträuße in schlanken dunklen Vasen."

Nora fiel Tante Milla ein. Damals hatte Tante Milla mit ihr auf der Terrasse gesessen und beim Rufen eines Kuckucks hervorgestoßen: „Zähl', Mädchen, zähl' seine Rufe!", und selbst laut mitgezählt. Bis sieben waren sie gekommen, als der Kuckuck schwieg. Tante Milla hatte dann gesagt: „In sieben Jahren wirst du heiraten."

„Heiraten?"

„Ja. Der erste Kuckuck, den du im Frühjahr rufen hörst, kennt die Zukunft."

„Und wen heiratest du dann, Tante Milla?"

Sie hatte gelacht und geantwortet: „Für mein Alter sagt er die noch zu lebenden Jahre vorher – oder Reichtum, so man gerade ein Geldstück in der Tasche hat."

Die Vorhersage für das Hochzeitsjahr hatte gestimmt, aber Tante Milla war nicht reich geworden, jedoch noch viele Jahre älter.

Später, als Nora den Sportteil der Zeitung las, rief der Kuckuck ebenfalls, aber nur ein paar Mal. Beim Gießen der Zimmerpflanzen hörte sie ihn wieder, steckte sich ein Zehn-Cent-Stück in die Hosentasche und dachte: „Schaden kann's ja nicht."
Betten machen, Staub wischen, Wäsche aufhängen mit der Begleitung von Kuckucksrufen.
„So oft, wie er heute schreit, müssten sich meine zehn Cent vervielfachen."
Demnächst werden also wieder viele Singvögel ein fremdes Ei ausbrüten, das Frau Kuckuck ihnen in dem Augenblick, wenn das Nest des kleinen Sängers unbeobachtet ist, hinein legte. Das Kuckuckskind ist beim Schlüpfen genauso schwach und hilflos wie die anderen Jungen; doch es wächst schnell und wird bald zum Mörder. Denn statt den Gasteltern dankbar zu sein für Insekten, Raupen und Würmer und sie mit den hungrigen kleineren Küken zu teilen, drängt es eines nach dem anderen aus dem Nest.
Was passiert aber, wenn zwei Kuckucksweibchen für ihr Ei das gleiche Nest gewählt haben? Die Pflegeeltern umhegen ihr letztes Junges bestimmt mit ganz besonderer Fürsorge.
Es schellte. „Oh, die Post."
Nora ging zum Briefkasten, winkte der Nachbarin am Hauseingang gegenüber zu und nahm zwei Umschläge aus dem Kasten.
„Ein Brief der Stadtverwaltung?" Sie riss ihn auf. Eine Rechnung vom Garten- und Friedhofsamt. Nora grinste. „Wie passend zu meinen Gedanken. Opfer und Mörder werden auf einem Friedhof bestattet; aber Vögel? Und was soll ich mit dem Prospekt vom Vogelparadies und den verbilligten Eintrittskarten?" Sie

drehte und wendete die bunten Abschnitte. „Vielleicht ist da ein Kuckuck zu sehen? Sonst hört man ihn ja nur." Langsam schloss Nora die Haustür. „Wo lässt der Zoo überhaupt seine toten Vögel? In der freien Natur erfüllen Füchse, Katzen oder andere kleine Raubtiere die wichtige Aufgabe einer Gesundheitspolizei."
Nora warf die Reklame in den Papiermüllkarton und dachte wieder an die ‚betrogenen' Singvögel. Sogar nachdem der Jungkuckuck das Nest schon verlassen hat und fast doppelt so groß ist wie seine Pflegeeltern, wird er noch von ihnen gefüttert. Das Riesenbaby lässt sich natürlich gern verwöhnen und sammelt so Kraft. Doch nicht, um mit seinen Zieheltern hier bei uns im langen Winter zu frieren und zu hungern! Nein. Er fliegt im Herbst seinen schon im Sommer nach Afrika abgereisten Eltern nach.
„Au!", schrie Nora. Sie hatte sich beim Schälen der Kohlrabi mit der Messerspitze ihren Finger geritzt. „Das kommt davon, wenn man sich über etwas aufregt, was die Natur schon vor Ewigkeiten so eingerichtet hatte."
Sie schloss das Fenster. Ein großer Vogel mit spitzen Flügeln und gestuftem Schwanz flog aus dem Birnbaum neben der Gartenlaube und segelte zum Wäldchen.
„Ob das der Schreihals ist? Hat ihn vielleicht das Fensterklappen erschreckt und vertrieben?"
Sie klebte ein Pflaster über die verletzte Fingerkuppe und schälte, den lädierten Finger in die Höhe streckend, langsam weiter.
„Oh, da ruft der Kuckuck wieder!", freute sie sich, horchte und zählte wie vorher seine Rufe.

Spinnenzauber

Durch wattige Nebel

dringen wärmende Sonnenstrahlen

lassen Tropfen an Spinnweben glitzern

schmücken Pflanzen und Sträucher mit

Perlenketten

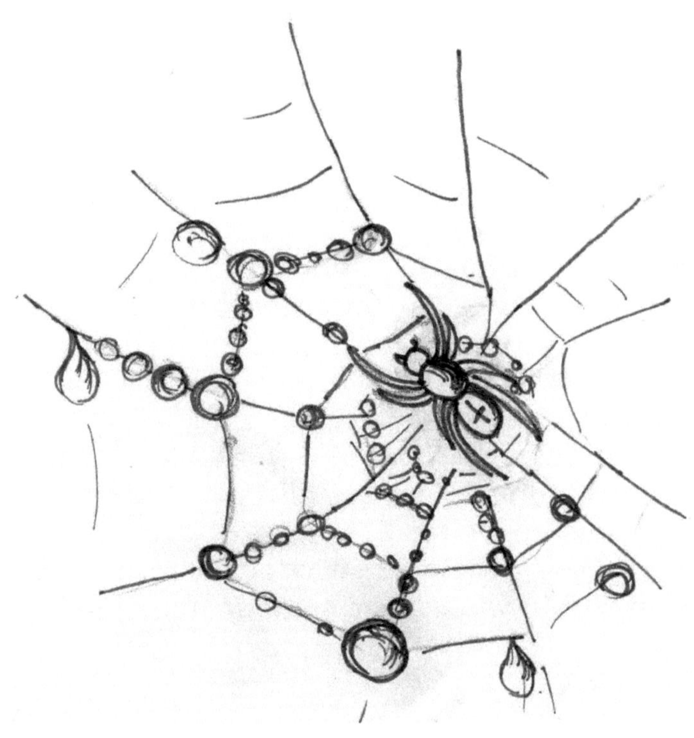

SOMMER

Maulwurfshügel

Mareike stand auf der Wiese und betrachtete die Maulwurfshügel. Dann setzte sie sich in die Hocke, klopfte neben einem Hügel auf den Boden und lauschte. Nichts. Sie klopfte nochmals. Wieder nichts.
„Mareike", rief Andrea vom Gartenzaun herüber, „was machst du da?"
„Ich telefoniere mit dem Maulwurf. Er meldet sich aber nicht. Komm‘, versuch du es mal."
Andrea kam und hockte sich zu Mareike.
„Was willst du denn mit einem Maulwurf reden?"
„Siehst du die vielen Erdhügel?", fragte Mareike. Andrea nickte. „Opa hat gesagt: ‚Wenn der Maulwurf seine Gänge noch näher zum Haus gräbt, gieße ich Petroleum auf seine Erdhügel.'" Mareike stand auf und steckte die Hände in die Hosentaschen. „Maulwürfe mögen den Gestank nicht und verschwinden deswegen. Ich möchte aber, dass Mauli bei uns bleibt."
„Hast du ihn schon gesehen?"
„Nein. Er muss aber weich und kuschelig sein. Im Tierbuch heißt es, dass Maulwürfe blauschwarzes, samtiges Fell haben, in dem kein Dreck hängen bleibt."
„Aber was hättest du denn davon, wenn er hier ist und doch nicht zu dir kommt?"
Mareike drehte nachdenklich mit ihrem Zeigefinger eine Haarsträhne. „Hm... eigentlich nichts. Aber ich möchte gern, dass Mauli bei uns bleibt."
Andrea zuckte die Schulter, setzte sich auf die Wiese und fragte: „Womit willst du ihn denn füttern?"

„Ich brauche ihm kein Futter zu kaufen. Er findet doch beim Graben Larven und Regenwürmer und versorgt sich selbst."

„Wenn er immer bei euch im Garten ist, sind die Regenwürmer demnächst alle!"

Mareike zog die Stirn kraus und starrte Andrea an. Daran hatte sie noch nicht gedacht.

„Dann suche ich ihm eben Würmer und Käfer. Unten am Feld finde ich bestimmt genug und du könntest mir helfen."

Andrea sagte nichts dazu. Mareike hatte ja immer komische Ideen, aber für ein Tier sorgen, das sich nicht sehen ließ?

„Du brauchst gar nicht den Kopf zu schütteln. Mauli findet bestimmt allein genug zu fressen. Wird er in der Erde von Engerlingen und Würmern nicht satt, kommt er abends aus einem Erdhügel heraus und sucht sich im Garten Schnecken."

„Habt ihr denn viele Schnecken?", fragte Andrea.

„Nein, wir haben ja einen Maulwurf", antwortete Mareike stolz. „Und wenn Mauli keine Schnecken mehr findet, fängt er sich eben eine Maus oder holt sich aus dem Teich einen Frosch. Er kann ja schwimmen."

Andrea setzte sich in den Schatten des Kirschbaums und fragte: „Hat Mauli all die Berge gebaut?"

„Ja, und sie sind durch Gänge miteinander verbunden. Ob er uns wohl von dem großen Berg dort zuschaut?"

Andrea betrachtete die Erdhügel und antwortete: „Ich glaube nicht. Da Mauli nachts soviel gräbt und frisst, wird er jetzt müde sein und schlafen."

„Hmmm...", brummte Mareike, fasste nach Andreas Hand und sagte: „Komm', wir bauen für ihn Straßen."

Mareike holte aus der Garage ihr altes Sandspielzeug. An den Johannisbeersträuchern harkte Andrea abgefallenes Laub zur Seite und Mareike füllte den Eimer mit Lehm. Zusammen schleppten sie ihn zu den Maulwurfshügeln. Dann klopfte Mareike an die Terrassentür und rief: „Oma, wir haben Durst."
Oma reichte jedem Mädchen einen Becher Saft.
„Wie seht ihr denn aus? Ihr seid ja ganz voll Lehm!"
Mareike und Andrea sahen an sich herab.
„Och das. Wir waren auf der Wiese."
„Auf der Wiese? Und wie ist der Lehm an Pulli, Hose und Hände gekommen?"
Mareike trank noch mal, schluckte und atmete tief.
„Opa will doch, dass der Maulwurf am Ende der Wiese bleibt."
„Was hat das mit dem Lehm an euch zu tun?"
„Wir haben erst auf der Wiese gesessen und dem Maulwurf Klopfzeichen gegeben, aber er hat nicht geantwortet."
„Und dann?", fragte Oma ungeduldig.
„Dann haben wir von den Sträuchern Lehm geholt und dem Maulwurf zwischen seinen Bergen Straßen gebaut. Jetzt kann er über der Erde auf dem kürzesten Weg von einem Hügel zum anderen laufen. Komm‘, ich zeig' es dir."
Mareike zog ihre Oma mit auf die Wiese. „Kuck', das ist Maulis Stadt. Der große braune Berg ist die Kirche."
Oma betrachtete die Lehmstraßen auf dem Rasen, strich Mareike die verschwitzten Haare aus der Stirn und sagte: „Bin gespannt, wie Opa Maulis Stadt gefällt."

✿ ✿ ✿

Autobiografie der Dina Imoge

Die Eintagsfliege Esmeralda saß am Rande eines nach Pfirsich duftenden Rosenblattes.
„Hallo, Esmeralda!"
Esmeralda sah hoch und entdeckte den Marienkäfer an der Rosenknospe.
„Hallo, Punktius! Willst du ein Sonnenbad nehmen?"
„Ja", antwortete er, streckte seine Fühler der Sonne entgegen und fragte: „Was gibt es denn Neues?"
„Neues? Eigentlich nichts. Ich stöbere gerade in der Autobiografie meiner Ur-Ur-Großmutter. Soll ich dir daraus vorlesen?"
„Oh! Gern."
„Willst du wirklich?"
Punktius nickte, setzte sich bequem hin und schloss die Augen. Esmeralda blätterte zurück zur ersten Seite und las mit rauchiger Stimme:

Dina Imoge
Ich bin eine Eintagsfliege und gehöre zu einer der fünfundachtzig Großfamilien. Nach meiner Geburt lebte ich als Larve zusammen mit meinen vielen Geschwistern im Schlamm des Dorfteiches. Wir ernährten uns von zersetzten Blattresten und Moosen und fraßen und fraßen, damit wir nach dem Schlüpfen unser kurzes Leben nicht mit der Futtersuche zu belasten brauchten. Bis zu drei Jahre hätte ich so verbringen dürfen. Doch ich war neugierig auf die Welt und häutete mich schon in meinem ersten Sommer.
Ein Fisch sah mir dabei interessiert zu, aber als sich meine Flügel entfalteten, schnappte er nach mir. Ich

schoss hoch und konnte ihm dadurch ausweichen. Auch der gierige Entenschnabel, der plötzlich vor mir auftauchte, erwischte mich nicht. Bei der Flucht geriet ich in eine Stromschnelle, konnte mich aber an einem bemoosten Stein festhalten. Dort entdeckte mich allerdings ein Angler, zerrte mich los und steckte mich zu anderen Fliegen in eine Dose. Zu unserem Glück kippte sie um und ihr Deckel sprang auf. Zuerst saßen meine Mitgefangenen und ich wie betäubt und von der plötzlichen Helligkeit geblendet da. Doch nach und nach flogen alle weg. Also breitete ich auch meine durchsichtigen zarten Flügel aus, schwirrte zum Treffen über der Mitte des Flusses – und verliebte mich. Er hatte wunderschöne, wie Perlmutt schillernde Flügel. Mit ihm wagte ich den Hochzeitstanz. In der Dämmerung legte ich meine Eier im Uferschlamm ab und schlief erschöpft ein.

Als die Sonne am nächsten Morgen den Himmel rosa färbte, erwachte ich erfrischt, putzte meine empfindlichen Flügel, meinen dreigeteilten Schwanz, kletterte dann an einem im Wind schwankenden Grashalm hoch und sah die Welt. Herrlich!

Meinen Plan, zu der gelben Löwenzahnsonne zu fliegen, änderte ich beim Erblicken der roten Mohnblüte. Zwischen ihren schwarzen Staubgefäßen ruhte ich aus und horchte auf das Gesumm der Bienen. Plötzlich erschreckte mich lautes Gebell. Eilig rutschte ich unter die Blätter und klammerte mich fest. Mein Herz hämmerte. Eine Hundemeute tobte vorbei. Pferde jagten ihnen nach. Als es wieder ruhig war, lugte ich unter dem Blattrand hervor, streckte die verkrampften Glieder und flog zum Wald. Dort landete ich auf einer Astgabel.

Mein Platz war gut gewählt, denn ich konnte Eichhörnchen, Hasen und sogar Mutter Reh mit ihrem Kitz beim Spielen zusehen. Vor den im Gras nach Futter scharrenden Vögeln brauchte ich mich nicht zu fürchten. Vorsichtshalber saß ich jedoch ganz still.
Nach einiger Zeit schwebte ich von da fort und flog über Wiesen und Felder zu einem Dorf, umrundete den Kirchturm, besah die Häuser, besuchte Parks und Spielplätze und kehrte dann zurück zum Fluss.
Im Schilf, das leise im Wind raschelte, schrieb ich meine Erlebnisse auf und steckte die Bögen mit den Aufzeichnungen …

„Punktius?" Esmeralda stupste ihn. „Schläfst du?"
Der Marienkäfer gähnte.
„Nein, nein, ich habe dir gut zugehört und weiß jetzt viel über das aufregende Leben deiner Ur-Ur-Großmutter. Leider habe ich es nicht so gut wie ihr."
„Wieso?"
„Ihr fresst euch als Larven für euer ganzes Leben satt. Ich muss mir heute noch ein paar Blattläuse fangen. Dank' dir für das Vorlesen, Esmeralda."
Punktius breitete seine Flügel aus und schwirrte davon.
„Gern geschehen – und einen schnellen Erfolg!", rief sie hinter ihm her und glaubte ihn kichern zu hören.

Opas Erinnerungen an Lurchi

Mit einer rotweißen Hängefuchsie im Terrakottatopf stapfte Opa Gerber zur Bruchsteinmauer. Plötzlich blieb er wie angewurzelt stehen, starrte auf den Mauervorsprung, den er mit der Blume schmücken wollte und blinzelte mehrmals. Doch – da saß wirklich ein Feuersalamander. Seine gelben Flecken auf der glänzenden schwarzen Haut leuchteten in der Sonne.
Um ihn nicht zu vertreiben, bewegte Herr Gerber sich langsam und leise rückwärts. An der Laubenecke stellte er den Blumentopf wieder auf die Arbeitsplatte, stopfte seine Pfeife, setzte paffend das Rauchkraut in Brand und schlich soweit vor, dass er die Eidechse sehen konnte.
„Er liegt noch so da wie vorhin. Wenn die Kinder doch hier wären! Der von der Sonne gewärmte Stein gefällt dem kleinen Kerl wohl. Der Platz ist auch gut. Eine Katze kann ihn mit einem Sprung von der Erde aus nicht erreichen und die ausgebröckelte Mauerfuge neben ihm ist ein prima Versteck."
Immer wieder zog Opa Gerber an der Pfeife. Er erinnerte sich an den ‚Lurchi' mit dem grünem Hut und den braunen Wanderschuhen, den Held der Bilderbücher, die er als Junge so geliebt hatte – und schmunzelte. Er freute sich auch, weil seine Enkel, trotz Fernsehen und Computer, jedes neu herausgegebene Heft mit den bebilderten Erlebnissen von Lurchi und seinen Freunden ansahen und lasen. Auch heute noch war der kleine Feuersalamander ein echter Held!

„Damals", dachte er, „gab es die Hefte nur als Zugabe beim Schuhkauf. Und weil wir nicht oft neue Schuhe bekommen haben, lasen wir die Hefte, die im Schaufenster mit aufgeschlagenen Seiten zwischen den Schuhen standen. Dabei balancierten wir auf Zehenspitzen oder saßen in der Hocke, um zu erfahren, welches Abenteuer die sechs Freunde wieder zu überstehen hatten."

Als eine Wolke sich vor die Sonne schob, verschwand der Feuersalamander in seinem Versteck. Opa Gerber klopfte die mittlerweile kalt gewordene Pfeife aus, räumte auf und ging ins Haus.

Beim Abendbrot verkündete er: „Im Garten wohnt ein Feuersalamander."

„Wo?", riefen die Kinder gleichzeitig und sprangen auf.

„Nicht so hastig. Er ist vorhin in einen Spalt in der Bruchsteinmauer geschlüpft."

„Sieht er wirklich so aus wie der Lurchi in den Bilderbüchern?"

Opa nickte.

„Natürlich. Nur trägt er keinen Hut und auch keine Schuhe."

„Wie groß ist er denn?", wollte Corinna wissen.

Opa spreizte Daumen und Zeigefinger.

„Größer nicht?", fragte sie verwundert.

Ihr Großvater schüttelte den Kopf.

„Ich möchte ihn sehen! Kann man ihn nicht aus dem Versteck locken?"

Thomas sah von der Fernsehzeitung hoch.

„Du kannst ihm ja die langbeinige Spinne unter deinem Bett fangen", sagte er und feixte, als seine Schwester aufschrie.

Die Mutter sah ihn strafend an, und Opa sagte: „Ein Käfer oder ein Regenwurm würde ihm bestimmt auch schmecken", stand auf, zog das dicke Tierbuch aus dem Regal, blätterte darin und las vor.

„Der Feuersalamander gehört zu den geschützten Tierarten, verbirgt sich tagsüber meistens, ist jahrelang im gleichen Versteck zu finden. Er kann ein Alter von über zwanzig Jahren erreichen. Die Weibchen setzen in Bächen, Gräben und Tümpeln Larven ab, die im Wasser durch Kiemen atmen."

„Opa! Opa!", rief Corinna. „Wir machen ihnen eine große Pfütze und können darin die Jungen wachsen sehen."

Mit einem Knall klappte das Buch zu.

„Corinna", sagte die Mutter, „Du gehst jetzt bitte schlafen, und über die Pfütze reden wir morgen."

Zögernd stand das Mädchen auf, nahm ein Buch aus dem Regal und sah die Mutter an.

„Okay, in zehn Minuten komme ich und sage dir gute Nacht."

„Nacht, Opa."

„Nacht, Corinna."

„Nacht, Thomas!"

„Nacht." Etwas leiser fügte er an: „Und denk an die Spinne!"

Als die Tür sich hinter dem Mädchen geschlossen hatte, sagte Thomas: „Die Idee mit dem Tümpel ist gut. Wir könnten die Jungen erst beobachten und hinterher an einen Zoo verkaufen."

„Du weißt doch, Thomas, Opa hat nur ein Tier gesehen."

Thomas zog den von seiner Mutter abgewandten Mundwinkel hoch.

„Vielleicht hat es ja auf den zweiten gewartet?",
antwortete er und zappte zum anderen Kanal.
„Mein Sohn, meinst du nicht, dass es auch für dich
allmählich Zeit wird, ins Bett zu gehen?"
Thomas tat schwerhörig. Einige Augenblicke später
stand er aber auf.
„Mama, Regenwürmer und Schnecken sind viele im
Garten. Zoos kaufen bestimmt Feuersalamander. Und
für das Geld könnte ich dann einen neuen Computer
bekommen."
Opa grinste: „Tja, Junior, geschäftstüchtig bist du ja!
Also … "

Nebenverdienste

Bauer Gerber stand, den Ellbogen auf einen Pfosten des Schweinepfuhls gestützt und fragte in Richtung des jungen Ebers: „Wo bleibt denn nur deine Anmeldung, Karl Friedrich? Es ist bald fünf!"

Der Wind trug Bratenduft und erinnerte Gerber an die Grillparty mit der feierlichen Taufe des Zuchtebers sowie die Diskussion der Gäste über den keltischen Ebergott und die Eberhelme von Kriegern. Er klopfte Karl-Friedrichs Nacken.

„In der Zwischenzeit hast du gelernt, auf meinen Pfiff hin zu mir zu kommen." Gerber zog an der Pfeife, schaute den blauen Rauchkringeln nach und spielte mit den knorpeligen Schweineohren. „Du weißt genau, dass wir zwei dann in den Wald gehen und du in dem duftenden modrigen Boden wühlen darfst." Ein Lächeln huschte über das wettergegerbte Gesicht. „Dass ich die Trüffel, die du entdeckst, verkaufe, interessiert dich wenig." Er schob seinen Hut in den Nacken und blinzelte in die Sonne. „Heute wird uns auch kein Regen früh vertreiben."

Die Sau Mathilde kam aus dem Stall und legte sich auf die sonnenwarmen Steine. Die Ferkel, denen sie ihren schwarzen Kopf und ihr schwarzes Hinterteil vererbt hatte, staksten wacklig und dünnbeinig hinter ihr her. Ein Schweinebaby rutschte vom Plattenweg, landete im Matsch und quiekte erschreckt. Der Bauer hob es heraus, wusch ihm am Brunnen den Bauch und stellte es danach auf den Plattenweg. Zuerst stand es da ganz still, doch dann hob es den Kopf, witterte, trappelte so

schnell es konnte zu seiner Mutter und drängelte sich zwischen die Geschwister, um auch zu trinken.
Der Bauer betrachtete die eifrig saugenden Ferkel.
„Fünf Wochen wird Mathilde die Jungen säugen und vierhundert Liter gesunde Schweinemilch produzieren. Ob nicht auch viereinhalb Wochen reichen?" Er ließ die Pfeife vom linken in den rechten Mundwinkel wandern. „Drei Tage wären etwa fünfzig Liter." Er nahm die Pfeife aus dem Mund. „Melken wird schwierig sein, aber wenn die Pharmaindustrie kaufen würde? Die Zusammensetzung der Schweinemilch ist doch eine ganz besondere!" Gerber feixte. „Für klaren Teint und gegen Falten ist schon mancher Euro ausgegeben worden."
Während der Bauer laut über eine neue Geldquelle nachdachte, hatte sich der Eber in dem glitschigen Lehm des Pfuhls gewälzt und stampfte jetzt hin und her. Ein Kombi mit Anhänger fuhr auf den Hof. Züchter Gerber winkte den Fahrer zum Scheunentor. Der Herr des Schweinekobens scheuerte unbeirrt seine Borsten, zuckte mal mit dem rechten und mal mit dem linken Ohr, um die lästigen Fliegen zu vertreiben. Beim Poltern der Ladeklappe hielt Karl-Friedrich inne. Er schaute zum Auto, erblickte die rosa Schweinedame und grunzte. Sie wendete den Kopf schaute in seine Richtung. Er stellte die Vorderbeine auf die Betoneinfassung, um stattlicher auszusehen, beobachtete das Absenken der Plattform und schnüffelte. Als sie zur Wiese geführt wurde, ließ er ein klagendes „Uuuink! Uuuink!" hören.
Gerber schritt, eine zweizinkige Mistgabel in der Hand, zum Pfuhl, öffnete ihn und dirigierte den Eber zum Wiesenbach. Karl-Friedrich wäre gern sofort zu der gut

duftenden Schweinedame gerannt, doch er wusste, dass die beiden Zinken unangenehm pieken konnten und stampfte zum Bach. Am Ufer blieb er stehen, blinzelte, zeigte die Hauer. Es half nichts. Er musste ins kalte Wasser.

Vorsichtig umkreisten die Borstentiere einander, beschnupperten sich und rasten dann auf flinken Klauen über die Buckelwiese zum Wald. Entsetzt sah der Fremde seine Zuchtsau davonrennen. Er wollte hinter den Tieren her, doch Gerber hielt ihn zurück.

„Komm auf einen Schnaps mit in die Stube.“

„Aber die Viecher!?“

„Mach dir keine Sorgen. Die Wiese ist eingezäunt, und der Eber kommt auf mein Pfeifen zurück.“

„Ha.“

„Komm‘ rein.“

„Aber ...“

„Beruhige dich. Es ist alles ok. Karl-Friedrich bringt deine... wie heißt sie?

„Name? Ääähh ...“

„Egal. Mein Eber bringt sie zurück und sie wird demnächst ein Dutzend gesunde Ferkel haben.“

„Hoffentlich, denn sonst wird‘s teuer für dich.“

Die Männer gingen ins Haus, erledigten die Formalitäten und tranken zur Besiegelung einen Schnaps. Da man bekanntlich auf einem Bein nicht stehen kann, füllte Gerber die Pinnchen noch einmal, öffnete danach das Fenster, pfiff. Und wie versprochen trabte kurze Zeit später das Grunzduo zurück in den Hof.

☼ ☼ ☼

Quaky und Summi

Quaky, der Frosch, saß auf einem großen Seerosenblatt und ließ sich die Mittagssonne auf seinen grünen Rücken scheinen. Er sah den tanzenden Insekten zu; seine Augen wurden immer kleiner und nach einiger Zeit schlossen sie sich ganz und er schlummerte.
Ssst! Ssss! Quaky riss seine Augen weit auf. Da! Wieder schwirrte etwas Dunkles vor seinem Maul her. Ein Brummer! Quaky saß ganz still. Er hoffte, der Brummer würde ihm so nahe kommen, dass er ihn mit seiner langen Zunge erreichen könnte. Aber die Fliege tat ihm den Gefallen nicht. Sie surrte noch ein paar Mal in großem Abstand um ihn herum, landete auf einem Seerosenblatt und trippelte hin und her.
„Zu weit weg!", dachte der Frosch und rief: „Summi! Summi!"
Die Fliege hörte nichts; sie genoss das leichte Schaukeln des Blattes auf dem Wasser. Ihr schwarzer Leib glänzte in der Sonne und schillerte hell- und dunkelblau; die durchsichtigen Flügel hatte sie ein wenig ausgebreitet. Dem Frosch lief das Wasser im Maul zusammen. Er hatte zwar gut gefrühstückt – aber so ein Leckerbissen...!
„Summi! Summi!", rief er wieder.
Die Fliege blickte hoch, sah erst nach rechts, dann nach links und entdeckte neben der weißen Seerose mit den blassrosa Spitzen den Frosch.
„Hast du mich gerufen?"
„Ja! Ich möchte mich gern mit dir unterhalten! Aber du bist so weit weg!"
„Ich kann dich gut verstehen."

„Aber ich muss dann so laut sprechen! Komm doch etwas näher."

Die Fliege machte ein paar kleine Schritte auf den Frosch zu, hielt den Kopf etwas schief und schaute ihn fragend an: „Wovon wollen wir denn reden?"

„Vom Wetter! Ich habe von der uralten Unke erfahren, dass es nachher ein Gewitter geben soll, und davor möchte ich dich warnen."

Aufgeregt hob die Fliege ihre Flügel ein wenig und breitete sie gleichzeitig etwas weiter aus.

„Halt! Halt! Wo willst du denn hin? Bleibe doch hier und komm unter mein Dach."

Der Frosch rückte etwas zur Seite. Die Fliege guckte zum Himmel, sah die strahlende Sonne und beruhigte sich wieder. Quaky erzählte Summi dann von den Regentropfen, die über die glatten Blätter laufen und richtige Straßen malen würden.

Eine kleine Wolke schob sich plötzlich vor die Sonne und der Frosch rief: „Komm! Komm her! Die Sonne verdunkelt sich schon!"

Doch auf einmal wusste Summi, was der Frosch vorhatte. Sie sah sich ihn genau an: seinen dicken glitschigen Körper, seine vorstehenden gierigen Augen. Ganz langsam und vorsichtig machte sie ein paar kleine Schritte nach rechts, ein paar kleine Schritte nach links - auf den Frosch zu. Sie schob den Kopf etwas vor und sah, wie der Frosch sein Maul ein wenig öffnete und die Zungenspitze ein bisschen herauskam.

Da ging Summi etwas in die Knie, breitete ihre Flügel aus und flog blitzschnell - ssst - über Quakys Kopf davon.

✿ ✿ ✿

Beerenschutz

Es ist schlimm! Die tierlieben und mitleidigen Menschen, die im Winter die Vögel füttern, verhängen im Sommer die reifenden Johannisbeeren, diese Leckerbissen, vor ihnen. Aber die sich färbenden Beeren locken die Vögel trotzdem an. Ein Vogel, der über die Erde hüpft und von dort zu den Beeren gelangt, verfängt sich dann beim Wegfliegen in den groben Maschen des Netzes. Früher waren diese Netze aus Baumwolle, heute sind sie aus Nylon oder Perlon und – haltbar.

Meine Nachbarin hatte mich gebeten, während ihres Urlaubs in ihrem Garten Blumen und junge Gemüsepflanzen zu gießen und an kühleren Tagen abends die Gewächshäuser zu schließen.

Am dritten Tag meiner Nachbarschaftshilfe wollte ich morgens wieder die Gewächshäuser öffnen und kam gerade in den Garten, als eine Meise versuchte, sich aus einem mit Netz umwickelten Johannisbeerenstrauch zu befreien. Sie wirkte viel zarter und zerbrechlicher als Meisen sonst.

Das Meischen bog sich vor und zurück, konnte wohl den Flügel freibekommen, hing dafür aber mit dem rechten Bein tiefer im Gewebe. Durch ihre Bemühungen schaukelte das Netz und schlug vor einen anderen Bespannungsteil und der rutschte über den Kopf der Meise. Sie schrie entsetzt, ruckte mit dem Köpfchen hin und her, erfolglos. Sie versuchte auch die Krallen loszuziehen, schaffte es jedoch nicht.

Obwohl ich Angst hatte, dass der Vogel mir beim Loskommen ins Gesicht flöge, zerrte ich das Netz auseinander und schüttelte es, vorsichtig. Vergebens.

„Ich hole was zum Schneiden", erzählte ich der Meise und lief zur Laube. Obwohl ich es nicht sah, bin ich überzeugt davon, dass der aufgeregte kleine Vogel weiter um seine Freiheit kämpfte.

Wieder am Strauch, griff ich ins Netz und tastete mich langsam vor zu der Stelle, wo die Meise hing.

„Sitz' still!", beschwor ich sie dabei. „Ich helf' dir!" Sie sperrte das Schnäbelchen weit auf, hielt allerdings ganz still. Ob sie wohl begriffen hatte, dass ich ihr helfen wollte?

Die Rosenschere war zum Zerschneiden des Nylonnetzes denkbar ungeeignet, doch das Meischen drückte sich mit weit aufgerissenen Augen gegen die Maschen, so dass ich Platz hatte zum Hantieren mit der Schere. Als meine Finger das Netz in Reichweite ihres Schnäbelchens spannten und zerschnitten, drehte sie das Köpfchen noch etwas und zwickte mich – ganz zart, wie ein Streicheln.

Die Zeit, die ich für das Befreien benötigte, kam mir ewig vor, doch als ich es geschafft hatte, schwirrte der kleine Vogel aufgeregt piepsend davon.

Bevor ich in den Garten gegangen war, hatte ich mich geärgert, dass ich gestern Abend trotz des warmen Wetters die Gewächshäuser geschlossen hatte. Jetzt war ich glücklich, dass ich deswegen in den Garten musste und helfen konnte.

Meine Nachbarin rief nachmittags an und erkundigte sich, wie bei uns das Wetter sei und was es Neues gäbe. Ich erzählte ihr von der Rettungsaktion. Sie erschrak sehr. Sie hatte nicht bedacht, dass Vögel, die

in die Maschen geraten, elendig sterben müssen, wenn nicht zufällig jemand kommt und ihnen aus dem Netz heraushilft. Jedenfalls trug sie mir auf, die Netze sofort zu entfernen und sagte: „Die Beeren, die ich dadurch weniger habe, machen den Kohl nicht fett. Für die Vögel ist es Mundraub und der ist erlaubt."
Mit der Stickschere bewaffnet und mit klopfendem Herzen ging ich wieder zum Garten. In der Zwischenzeit konnte sich ja bereits wieder ein Vogel in dem Netz gefangen haben. Ich brauchte allerdings keinen gefangenen Vogel zu befreien und auch keinen toten Vogel zu entfernen.
Die schwarzen ängstlichen Knopfaugen der kleinen Meise werden mich jedoch noch lange verfolgen.

Bisschen zanken

Ein Kohlweißling umgaukelte eine Schwarzdrossel. Die Drossel ließ sich bei ihrer Futtersuche jedoch nicht stören, trotzdem er mehrmals vor ihr oder hinter ihr her flatterte, sich dann in ihrer Nähe auf ein Marienblümchen setzte und wiegen ließ. Er wollte aber beachtet werden, flatterte daher einige Male rechts und links an ihr vorbei, landete dann wieder neben ihr, allerdings auf einer Butterblume, und schaukelte.
Die Schwarzdrossel kümmerte sich immer noch nicht um ihn. Sie drehte mit ihrem Schnabel die zwischen den Grashalmen liegende Blätter um und pickte nach Insekten, Käfern und kleinem Getier.
Plötzlich erwischte sie einen Regenwurm. Es war ein sehr langer und kräftiger Wurm, denn sie streckte sich, so hoch sie konnte, zog und zerrte an ihm, aber er glitt nicht aus der Erde. Er wurde lang, dünn, irgendwie durchsichtig, und es schien, als wolle er reißen. Aber er riss nicht und rutschte auch nicht aus seinem Erdloch. Sie öffnete mehrmals ihren Schnabel, schnappte, schluckte und zog. Alles gleichzeitig. Es ging so schnell, dass der Wurm zwischendurch nicht zur Erde fiel. Doch alle Anstrengung war vergebens. Das Wurmende blieb im Boden.
Ein neuer Versuch! Kopf neigen, eine Beinlänge zurücktreten, zur ganzen Höhe aufrichten und mit zusammengepresstem Schnabel zerren. Das Wurmende flutschte aus der Erde, schlug über den Schnabel der Schwarzdrossel und baumelte seitlich daran herunter. Sie ruckte mit dem Kopf, schnappte nach dem baumelnden Ende und es verschwand in ihr.

Der Schmetterling hatte während des Wurmfangs auf seiner Butterblume Nektar genuckelt und flog nun einen engen Kreis um den Kopf der Drossel. Sie blieb stehen und spähte in die Luft. Der Falter flog wieder einen Kreis um sie herum, etwas enger als vorher. Sie hackte nach ihm, doch einige schnelle Flügelschläge brachten ihn zum Wiesenrand und auf einer Kleeblume in Sicherheit.

Die Drossel hüpfte oder schritt wie vorher langsam über die Wiese, kratzte Blätter hoch und pickte an der frei gewordenen feuchten Stelle nach Leckerbissen. Jedes Mal, wenn sie zum Picken den Kopf neigte, senkte sich auch ihr langer Schwanz und bildete mit dem Rücken eine gerade Linie.

Einzelne weiße Wolken standen am blauen Himmel und nur ab und zu strich zärtlich ein leiser Wind über Gräser und Blumen. Vögel hüpften und zwitscherten in den Sträuchern, Bienen summten und Schmetterlinge taumelten verspielt umeinander oder wiegten sich auf Blüten. Herrliches Wetter zum Faulenzen, Wohlfühlen oder Übermütigsein.

Den Falter reizte wohl das seidig in der Sonne glänzende Gefieder der Schwarzdrossel, denn er schwebte zu ihr und flatterte dicht vor ihrem Schnabel. Sie stieß nach ihm. Er wich der Schnabelspitze aus und umkreiste den Vogel erneut. Die Schwarzdrossel war die Störerei leid. Sie hob den Kopf, schaute geradeaus und schien zu lauern. Ab und zu pickte sie zwar, wartete aber wohl auf den Kohlweißling, denn als er wieder auf sie zu flatterte, schnappte sie sofort mehrmals in seine Richtung. Der Schmetterling schlug hastig mit den Flügeln, stieg hoch und landete nur wenig entfernt auf einer Löwenzahnblüte.

Mit einigen flinken Hopsern verfolgte die Drossel ihn, sprang zur Blüte hoch und hackte nach ihm, allerdings daneben. Danach suchte sie auch nicht weiter nach Futter, sondern starrte nur in seine Richtung.

Auf den Spitzwegerichblüten saß bereits ein Schmetterling mit ausgebreiteten Flügeln. Der Kohlweißling segelte zu ihm, setzte sich auf die gleiche Blüte und sonnte sich auch. Der Vogel traute der friedlichen Haltung nicht. Er neigte den Kopf etwas zu Seite und beobachtete einäugig. Es muss ihm aber irgendwie komisch vorgekommen sein, dass dort zwei ‚Gegner' saßen, denn er beäugte die beiden Falter abwechselnd und mehrmals mit seinem linken und mit seinem rechten Auge. Danach schritt er näher, zog dabei langsam die Klaue hoch, streckte sie vor und ließ sie vorsichtig ins Gras sinken. Als er die Spitzwegerichblätter fast erreicht hatte, sprang er hoch und hackte gleichzeitig. Daneben. Die Schwarzdrossel stand still und starrte zu den aufflatternden Kohlweißlingen hinauf.

Den beiden Faltern muss ihr Spitzwegerich mit der starr daneben stehenden Schwarzdrossel zu gefährlich erschienen sein, denn sie stiegen höher, umgaukelten einander dabei und flogen dann davon.

Auf dem Bauernhof

Ferry, unser Rauhaardackel, fuhr immer mit in Urlaub; selbstverständlich mit seinem Schlafkorb. Dennoch war es schwierig Quartier zu bekommen. Wegen des Hundes hieß es oft einfach:
„Wir haben eine Katze!" Oder: „Wir sind besetzt."
Auf einem Bauernhof liefen Hühner, Enten und Gänse durcheinander. Ich hatte Angst vor dem frei herumlaufenden Federvieh, aber trotz des Dackels vermietete uns die Bäuerin ein Zimmer.
Hühner, Enten und Gänse störten sich nicht an uns, doch der Hofhund kam angewetzt. Allerdings kein bissiger Schäferhund, sondern eine verspielte Dackelhündin. Sie beschnupperte uns und unser Gebäck.
Ferry fletschte die Zähne. Die Hunde starrten sich an, belauerten einander stocksteif. Ich hielt die Luft an. Meine Befürchtungen waren unbegründet. Die Schwanzspitze der rostbraunen Hündin, genannt Ziege, zuckte – danach gab unser Dackel seinen Argwohn auf und zusammen liefen die Hunde über den Bauernhof. Ziege zeigte ihm wohl ihr Reich und Ferry markierte an verschiedenen Stellen sein neues Revier.
Am anderen Morgen begleitete Ziege Ferry bei seinem ersten Ausgang. Da wir die einzigen Gäste waren, durfte er mit in den Frühstücksraum, sie musste draußen bleiben, was Ferry ganz angenehm zu sein schien.
Wie üblich wollten wir auch in diesem Urlaub Tagesausflüge unternehmen und verabschiedeten uns nach dem Frühstück von der Dackelhündin. Sie sah

uns vom Hoftor nach, bis wir um die Kurve bogen. Als wir abends müde zurückkehrten, kam sie angesaust, umkreiste uns und trottete dann neben Ferry her.

Eigentlich hätte er sich doch über soviel Aufmerksamkeit freuen müssen. Aber nein, er fühlte sich gestört, wollte mit ins Zimmer.

Mit seinem Nachhausekommen und sofortigen Verschwinden war sie jedoch nicht einverstanden. Sie wollte nicht schon wieder allein sein, lief mit ihm die Treppe hoch und war schneller oben als er. Die Bäuerin rief ihre Hündin, aber die störte sich nicht an dem Rufen.

Bei ihrem letzten Sprung landete Ziege auf dem Läufer im Flur. Der Läufer verrutschte und stieß an einen Ball vor der Truhenbank. Er rollte los und hüpfte die Treppe herunter. Ferry drückte sich an die Wand, ließ den Ball an sich vorbei hopsen und sah hinterher.

Im Zimmer verschwand Ferry sofort in der Nische neben dem Kleiderschrank. Ziege quetschte sich neben ihn. Für beide Hunde war die Ecke ziemlich eng. Ferry wollte nicht so eingezwängt sein, trabte zur Couch und kroch darunter. Ziege auch. Ferry fühlte sich hier genauso bedrängt, rutschte unter der Couch hervor und stellte sich mitten ins Zimmer.

Ziege kam natürlich auch unter der Couch hervor, wedelte mit dem Schwänzchen und stupste mit ihrer Nase an seine Nase. Ferry stand stocksteif. Mein Herz klopfte bis in den Hals. Ich hatte Angst – Ziege nicht. Da Ferry auf ihre Nasenstüber nicht reagierte, drehte sie sich einmal um sich selbst, schielte ihn an und stellte ihr Hinterteil neben seinen Kopf. Danach schob sie behutsam ihr Schwänzchen unter seine Hängeohren und legte es liebkosend um seinen Hals. Ich traute meinen Augen nicht.

Ferry wollte nicht in den Arm genommen werden. Er kroch unters Bett. Ziege ebenfalls. Ferry robbte hervor und sprang ins Bett hinein. Ziege auch. Ferry raus aus dem Bett. Auf dem gebohnerten Fußboden rutschte er aus, konnte gar nicht so schnell weg, wie er wollte. Er lief zur Couch; sie hinterher. Ferry zurück zu den Betten und wieder hinein, dadurch und auf der anderen Seite heraus. Eine wilde Jagd! Ferry, der Junggeselle, hatte Angst.

Die Bäuerin kam, fing ihre Hündin ein und verließ mit ihr das Zimmer. Ferry schmiss sich erschöpft auf den Boden und hechelte mitgenommen.

Wir hatten noch ein paar Tage Urlaub. Ob Ziege Ferry in der Zeit wohl überzeugen konnte?

Schiffsanlegestelle Obersee

Natürlich war unsere Reisegruppe viel zu früh an der Anlegestelle.

Das Begrüßungskomitee, die Enten, kam uns aber trotzdem entgegen.

Jeweils eine unscheinbare grau-braun gesprenkelte Ente und eine mit bunten Federn und Locken. Sie watschelten schräg hintereinander her und es war gut zu erkennen, welches Paar zusammengehörte. Sie liefen nicht nur zu uns, sondern auch zwischen uns herum. Sie waren gar nicht ängstlich – auch nicht besonders hungrig. Da jede Viertelstunde ein Schiff anlegt und Passagiere vor dem Einsteigen warten, werden sie oft gefüttert.

Aber nicht nur die Enten. In dem Jasmin neben dem Anlegesteg wohnte eine Maus. Ich sah sie, als sie vorsichtig um einen Seitentrieb lugte. Die Schnurrbarthaare an dem Schnäuzchen zitterten, während die Knopfaugen genau den Abstand zwischen den gefährlichen Beinen und dem begehrten Krümel erkundeten. Dann rannte sie zielsicher los und war fast im gleichen Moment wieder verschwunden.

Die anderen Frauen hatten die Maus auch entdeckt, und eine Dame stieß mit ihrem Schirm mehrmals in das Blättergewirr. Die Maus tat mir leid. Ob ihr jetzt bange war? Oder lachte sie sich ins Fäustchen? Sie hatte bestimmt ihre Erfahrungen mit ‚Stocherern'.

„Da ist sie wieder!"

Köpfe drehten sich zum Pflaster vor dem Jasmin – aber für die flinke Maus viel zu langsam.

Ich spazierte etwas am See entlang und besah mir die Enten, die auf der Uferbefestigung schliefen. Und dann hörte ich: *Toch! Toch! Toch! Toch! Toch!*

„Wo sind denn hier Hühner?", überlegte ich und schlenderte weiter. Ich näherte mich zwei Frauen, die sich angeregt unterhielten. Die Größere redete und nickte. Sie erklärte wohl etwas. Die Kleinere schüttelte immer ihren Kopf. Auf einmal hob sie die Hand, legte sie an ihren Hals, blieb stehen und rief:

„Doch, doch, doch, doch, doch, doch – die kenne ich!", und dann nickte auch sie. Das waren also meine Hühner! Ich drehte mich schnell um, dass die beiden mein Gesicht nicht sehen konnten.

Auf dem Rückweg überquerte ein Entenehepaar vor mir die Promenade. Ich blieb stehen – die Enten auch. Sie legten ihre Köpfe etwas schief und sahen zu mir herauf. „Kapp! Kapp!" Da ich nichts aus meinen Taschen kramte, schwankten sie weiter zum See. Dort schaukelten auch die anderen Enten auf dem Wasser. Jetzt war also Badezeit!

Oder hofften alle auf Futter von der einlaufenden „Seemöwe"?

Vom Oberdeck des Schiffes blickte ich auf die Anlegestelle.

Die Enten schwammen. Die ‚Hühner' promenierten weiter hinten. Aber wo war die Maus?

Erfahrungssache

Diese Siesemännchen! Ich weiß genau, dass man vor ihnen eigentlich keine Angst zu haben braucht, denn das bisschen Beißen und bisschen Jucken ist nicht die Welt. Dennoch habe ich Mücken nicht gern in meiner Nähe und versuche sie zu fangen, sobald sie vor meinen Augen auftauchen.

Zur Mückenzeit schleiche ich abends im Dunkeln in mein Bett, damit ja keine durch Licht angelockt werden. Trotzdem sind diese Vampire leider öfters in meinem Schlafzimmer. Höre ich im Halbschlaf so ein Mückengesiese, werde ich hellwach - erstarre allerdings gleichzeitig und warte auf einen Angriff. Beim leisesten *sssss* schüttle ich den Kopf, dass die Haare fliegen und fuchtle mit den Händen blindlings in der Luft herum, denn Mücken sind ja leider keine Leuchtkäferchen. Manchmal raffe ich mich trotz Müdigkeit auf und bestreiche Stirn und Hände mit Abwehrmittel, damit diese Viecher ja nicht wieder in meine Nähe kommen.

Sie bleiben auch von Kopf und Armen weg, aber wenn an heißen Tagen im Schlaf meine Zehen unter der Bettdecke hervorkriechen, laben sich diese Biester einfach daran.

Die Kinder ermahne ich immer: „Kratzt nicht! Es wird nur schlimmer. Leckt einen Finger nass und streicht dann damit über die juckende Stelle."

Normalerweise lebe ich es so vor, jedoch in der vergangenen Woche war es mit dem guten Beispiel absolut nichts. Zuerst wusste ich ja nicht, was auf meinem Schulterblatt los war und rieb mehrmals darüber. Es wurde dadurch allerdings nicht besser. Im Gegenteil!

„Was piesackt mich denn bloß so auf dem Rücken?"

Vor dem Spiegel über dem Waschbecken vollführte ich einige Verrenkungen und entdeckte kleine blassgelbe Pocken mit einem dunklen Punkt in der Mitte.

„Nanu!? Was habe ich mir denn da eingehandelt?"

Vierzehn solcher Pusteln zählte ich auf einer hellroten handgroßen Fläche. „Es sieht aus wie Mückenstiche! Aber so viele und so dicht nebeneinander?"

Mit den Fingerkuppen tippte ich vorsichtig darauf. Sofort ging das Jucken mit Vehemenz los. Ich schnaufte und versuchte mich einzureiben. Doch mit links wie mit rechts erreichte ich nicht alle Stiche.

„Mückenbiest", schimpfte ich, „du hast dir eine wunderbare Stelle ausgesucht!!!"

Entweder war es eine sehr hungrige Mücke oder eine, die ihre erschlagenen Verwandten rächen wollte. Ich werde das niemals erfahren. Eine von der Mücke gegebene Erklärung würde sich für mich ja auch immer anhören wie das Gefahr signalisierende *sssss*!

Tagsüber kämpfte ich erfolgreich gegen das Kratzen an. Die Arbeit lenkte mich ab. Doch abends, als ich müde in meinen Sessel vor dem Fernseher saß, fand meine Hand immer öfter den Weg zur Schulter und die Finger strichen immer öfter über die juckenden Stellen. Mit schlechtem Gewissen dachte ich an den Rat, den ich den Kindern jedes Mal bei solchen Gelegenheiten gab und schielte aus den Augenwinkeln zu ihnen hin.

„Sie merken nicht, wenn ich kratze. Sie sehen fern!", beruhigte ich mich und drückte meinen Rücken gegen die Sessellehne. Das hätte ich besser nicht tun sollen. Der Juckreiz wurde dadurch nur noch schlimmer. Vor meinem geistigen Auge erschienen blutige Haut und eitrige Pusteln. Trotzdem konnte ich mich nicht mehr beherrschen.

Irgendwann siegte die Vernunft. Das Gel drang in die aufgekratzten Pocken. Ich wimmerte durch die zusammengebissenen Zähne und dachte: „Eigene Schuld!"

Aber es tat dennoch sehr weh.

Die Lust auf den Film war mir vergangen. Ich verkroch mich lieber in meinem Bett, wollte nur noch schlafen, kuschelte mich zurecht - und hörte

ssssssssssss...

Die Raupe

Opa zog die alte Strickweste über, die Gartenschuhe an und fragte seine Enkelin: „Gehst du mit nach draußen?"
„Was machst du denn?"
„Ich mähe den Rasen."
„Oh ja, ich harke das Gras zusammen."
Mareike durfte nicht an den Rasenmäher, aber die breite Harke gefiel ihr. Sie zog die pinkfarbenen Gummistiefel an und stapfte die Treppe hinunter.
„Musst du so trampeln?"
„Es knallt so schön!"
Mareike lief in die Garage. An der Halterung für die Gartengeräte stellte sie sich auf die Zehen und hob den Rechen herunter. Mit den Zinken nach oben schleifte sie ihn auf die Wiese und lief im Kreis um den alten Apfelbaum herum. Dadurch malte sie mit der Harke Spuren, die aussahen wie ein Schneckenhaus.
„Hallooo, da ist doch noch nichts zu harken."
„Ich harke doch auch gar nicht. Ich baue eine Straße zu meiner Baumbude."
Plötzlich stoppte Mareike, schaute wie gebannt auf das Etwas vor ihren Füßen und tappte dann ein paar Schritte zurück. Dabei krümmte und streckte sie den Zeigefinger immer wieder. „Opa!?"
„Was ist?"
„Kuck' mal."
Der Großvater stellte den Rasenmäher ab und stapfte zu seiner Enkelin.
„Kuck mal da, so lang wie mein Finger."
„Das ist eine Raupe."

„Eine Raupe? Die ist aber grooß und diiick.“
Opa strich Mareike eine Locke aus der Stirn und setzte
sich in die Hocke.
„Jaha! Es ist die Raupe eines seltenen Schmetterlings.“
Die Kurze kniete sich neben ihn.
„Sie hat schwarze Haarbüschel auf dem Rücken.“
„Mhmhmh, und auf jeder Seite ihrer hellgrünen Glieder
einen rosa Punkte.“
„Am Ende hat sie auch einen Stachel.“
„Das ist kein Stachel, sondern ein Fühler. Wenn sie
zurück kriechen will und kein Platz zum Umdrehen ist,
ertastet sie damit den Weg.“
Mareike stand auf. „Die zeigen wir Oma!“, flüsterte sie,
drehte sich um und schrie: „Oomaaa!“
Oma hastete die Kellertreppe herauf, eilte mit einigen
langen Schritten zu den beiden und sah von einem zum
andern. Sie atmete hörbar, war aber erleichtert, dass
sich keiner verletzt hatte.
„Kuck mal da!“ Mareikes Fuß zeigte auf die Raupe.
„Oh! Die ist aber hübsch“, sagte Oma. „So eine habe ich
seit Ewigkeiten nicht mehr gesehen.“
Sie kniete sich hin und Mareike hockte sich daneben.
Die Raupe kroch trotz der Zuschauer unbeirrt weiter.
Krabbelte sie mit ihren vorderen sechs Füßchen vor,
wurde sie ganz lang; holte sie die hinteren acht
Füßchen nach, bildete sich in der Mitte des
Körperchens erst ein kleiner und dann ein hoher
Bogen. Der verschwand wieder, als die Vorderfüßchen
vorrückten. So umwanderte sie eine Kleeblume, kroch
über einige Löwenzahnblätter und dann zwischen den
hohen Grashalmen weiter. Opa pflückte ein
Rhabarberblatt und legte es vor das Tierchen.
„Warum tust du das?“

„Wenn sie drauf kriecht, trage ich sie da hinten hin, wo die Wiese schon gemäht ist."
Als die Raupe das Blatt erreichte, richtete sie die vordere Hälfte ihres Körpers auf und sah aus wie ein Hund, der Männchen macht. Sie drehte den Kopf langsam nach links, langsam nach rechts, senkte dann ihre Vorderbeinchen auf das Blatt und landete ziemlich am Rand. Die letzten Hinterbeinchen konnten dadurch beim Nachziehen nicht aufgestellt werden und zappelten in der Luft. Schnell ruckte sie etwas vor und die beiden hatten auch Platz.
„Sie wird einmal ein wunderschöner Schmetterling", sagte Oma - und leiser, „falls sie nicht vorher zertreten oder gefressen wird." Sie stemmte sich hoch und fragte: „Wollt ihr Marmorkuchen essen?"
Mit weit aufgerissenen Augen schaute Mareike ihre Großmutter an.
„Jetzt? Ich muss doch zusehen, wie die Raupe ein Schmetterling wird." Oma drückte ihre Kleine.
„Das ist nicht möglich. Sie muss erst noch ganz viel fressen und noch viel schlafen, ehe sie ein bunter Schmetterling werden kann."
Behutsam hob Opa das Blatt auf und trug es zur anderen Seite der Wiese. Mareike hüpfte neben ihm her, sah der Raupe noch einige Zeit beim Kriechen zu, legte sich dann auf den Bauch und kroch zur Terrasse.
Dort aß sie schnell ein Stück Lieblingskuchen, trank hastig ihren Becher Milch leer und holte Malbuch und Stifte. Damit lief sie zum Rhabarberblatt, setzte sich daneben ins Gras und malte in ihrem Buch den großen Schmetterling bunt.

✿ ✿ ✿

Löwensafari

Helma Gerber schrieb ein „R" in das letzte Lösungskästchen.

„Regulus heißt also der hellste Stern im ‚Kleinen Löwen'. Somit könnte ich einschicken und vielleicht die Teilnahme an einer Löwensafari gewinnen! Aber ohne die Familie?" Sie lächelte. „Beim Wellness-Wochenende in Bad Meinberg konnte ich mich schon nicht entspannen. Und in Afrika!?"

Sie stellte sich vor, auf der Terrasse des Maritim zu sitzen, wie der Tafelberg zu ihr herüber grüßte, die Wellen auf den Sand rollten und den Duft des Meeres sandten, hörte das Rascheln der Palmwedel und fühlte den leisen Wind.

Helma trank einen Schluck Saft. Maunzi sprang zu ihr auf die Couch und kuschelte sich ein. Helma lehnte sich in die Couchecke zurück und schloss die Augen.

„Bilder von Löwen habe ich viele gesehen und über ihre Verhaltensweise gelesen. Doch die Tiere in der Natur zu erleben…"

Sie sah sich mit anderen Safariteilnehmern in einem Jeep fahren. Während der Reiseleiter noch über das Verhalten bezüglich Sicherheit sprach, entfernten sie sich von der Hotelanlage und vor ihnen dehnte sich die Savanne. Diese Weite…

Die Sonne brannte unbarmherzig. Auf der ausgedörrten unebenen Piste holperte der Geländewagen zusätzlich noch über jeden Stein und in jedes Schlagloch. In der Nähe einer Giraffenherde stoppte er. Kameras klickten und Ferngläser wurden schärfer eingestellt. Langsam zogen die Tiere vorwärts. Manchmal blieben einige von

ihnen stehen und rupften mit ihren langen Greifzungen
Blätter von den Bäumen. Ab und zu verschwanden
dabei ihre Köpfe zwischen den Zweigen.
Elefanten, Gnus, Zebras und endlich das Löwenrudel.
Wie angekündigt mit Jungtieren. Die Welpen glichen
großen Kuscheltieren. Obwohl der Fahrer noch nach
dem besten Standort suchte, surrten schon die
Filmkameras. Aber die Löwen, vielleicht müde und satt
nach einer erfolgreichen Jagd, störte es nicht. Abseits,
auf dem starken Ast eines Baumes, lag der „Herr" des
Rudels, ein Löwe mit mächtiger Mähne. Auch der König
der Tiere, das Sinnbild für Tapferkeit und Heldentum,
schlief.
Eine Löwin ruhte auf einem größeren Stein und
bewachte ihre spielenden Jungen. Sie kullerten
übereinander, rannten umeinander herum, balgten
sich, rissen ihre kleinen Mäuler weit auf und fauchten.
Als die Welpen sich etwas von ihrem Spielplatz
entfernten, richtete sich die Mutter auf. Da die Jungen
jedoch an dem niedrigen Baum in der Nähe stehen
blieben, legte sie sich wieder hin, beobachtete aber
aufmerksam.
Ein Junges kletterte bis zum ersten Ast. Vorsichtig
setzte es eine Pfote vor die andere. Als der Ast sich
unter dem Gewicht des Löwenjungen senkte, fauchte es
ängstlich, tastete sich dann aber rückwärts zum
Stamm.
Das andere versuchte nicht zu klettern. Es schärfte in
der Rinde seine Krallen. Plötzlich saß es, mit gespitzten
Ohren und etwas schräg gehaltenem Kopf, still und
wartete. Nur die zuckende Schwanzspitze verriet die
Aufregung. Ganz langsam richtete sich das Löwenkind
auf, verharrte noch einen Moment – und sprang.

Die ‚Beute' war schneller.

Die Löwenmutter gähnte. Welch ein Riesenmaul. Und die Zähne! Sie streckte noch die Pfoten, sprang vom Stein, witterte und legte sich ins Gras. Sofort flitzten die immer durstigen und hungrigen Jungen heran, und geduldig säugte sie ihre Kinder.

Ein „Hallo Mama!" riss Helma aus ihren Gedanken.

„Hallo, mein Schatz!" Sie rieb sich die Augen, stand auf, drückte ihre Tochter und fragte: „Hast du Hunger?"

Das Mädchen nickte, nahm Maunzi auf den Arm und folgte der Mutter in die Küche. Auch die anderen Familienmitglieder kamen bald danach zum Essen.

Abends, während ihr Mann noch die Spätnachrichten verfolgte, saß Helma in der Hollywoodschaukel auf der Terrasse und betrachtete den nachtblauen Himmel. Sie ließ ihren Blick von einem Stern zum anderen schweifen, aber lange beim Sternbild des ‚Kleinen Löwen' verweilen.

Wachsame Neugierde

Der Kombi hielt vor der ‚Pension Forsthaus', und ein Schäferhund kam mit langen Sätzen zum geschlossenen Tor gerannt. Hinter ihm hetzte eine Ziege heran. Er postierte sich auf den Trittsteinen zwischen den Beeten; sie kletterte auf die gestapelten Baumstämme neben dem Eingang und sah von dort oben zu uns herab.

Eine Frau erschien in der Haustür und rief. Hund und Ziege trotteten über den gepflasterten Zugang, sich zwischendurch immer wieder zu uns umsehend, zu ihr. Sie kraulte beide, gab jedem noch einen liebevollen Klaps und danach zockelten die Tiere an der Terrasse entlang und verschwanden.

Die Frau holte uns am Tor ab, doch genau so langsam wie die Vierbeiner vorher den Eingang freigegeben hatten, folgten wir der Pensionswirtin durch den Bauerngarten und ins Haus. Sie zeigte uns die Zimmer und bot, da sonniges Wetter herrschte, eine kleine Erfrischung auf der Terrasse an.

„Auf der Terrasse?", fragte ich und dachte an die Hörner der Ziege.

Mit dem Auspacken ließ ich mir Zeit, sortierte alles sorgfältig ein und ging dann hinunter. Auf der halben Treppe hätte ich fast kehrt gemacht, denn durch das ebenerdige, offen stehende Flurfenster starrten mich Hund und Ziege an.

„Wenn sie gefährlich wären, wären sie eingesperrt", sagte ich mir, bewegte mich jedoch vorsichtig und beobachtete aus den Augenwinkeln. Die Vierbeiner rührten sich nicht. Sie blieben aber wohl nur so lange stehen, bis ich in den Gang zum Frühstücksraum eingebogen war, denn danach hörte ich schnelles Trampeln – und fühlte mich beinah schon gebissen und gestoßen.

In Wirklichkeit passierte mir nichts. Doch als ich auf die Terrasse trat, blickten Hund und Ziege mir durch die Gitterstäbe des Geländers entgegen.

Die Wirtin deckte den Tisch und erzählte, dass die beiden Freunde seien, und dass wir nichts zu befürchten hätten. Allerdings sollten wir sie lieber nicht füttern, da sie zwar sehr verträglich, aber auch sehr futterneidisch seien.

Plötzlich verschwanden die Tiere vom Geländer und rannten um die Hausecke. Kurze Zeit später erschien meine Zimmernachbarin. Fast gleichzeitig streckten sich wie vorher die schnuppernden Nasen zwischen die Stäbe.

Das Hin- und Herlaufen wiederholte sich bis unsere Gruppe vollzählig versammelt war. Danach legte sich der Schäferhund neben einer Tanne auf den Rasen. Die Ziege blieb bei ihm, verfolgte aber jede unserer Bewegungen. Niemand bot ihr etwas zu fressen an, deshalb gab sie nach einiger Zeit das Betteln auf und trollte sich. Ich fand mich sehr egoistisch, aber...

Das Telefon läutete, und die Ziege hob den Kopf. Beim zweiten Klingeln stellte sie sich am Geländer auf. Da jedoch von uns niemand aufstand, legte sie sich wieder, kuschelte sich an ihren Freund, und wir unterhielten uns.

Als das Postauto bremste, sausten unsere vierbeinigen Hausgenossen bellend und meckernd zum Eingang. Während der Postbote Briefe und Zeitungen in den Kasten schob, standen Hund und Ziege still nebeneinander davor und beobachteten ihn. Nach dem Abfahren des Wagens galoppierten sie zur Haustür. Dort erschien die Pensionswirtin. Auf dem Weg zum Postkasten bewachte der wuschelige und auf dem Rücken fast schwarze Schäferhund ihre rechte und die schwarz-weiß gefleckte Ziege ihre linke Seite. Ein interessantes, ungewöhnliches Bild.

Die Tiere blieben geduldig neben ihr stehen während sie die Klappe des Briefkastens öffnete, die Post herausnahm und durchblätterte, drehten sich aber zur gleichen Zeit wie sie um und kamen mit ihr zurück.

Ich ging nach oben. Gebell und Gemecker lockten mich ans Fenster, und ich sah das eigenartige Gespann quer über die Wiese zum Tor rennen.

Dort stand ein Mann mit einem Rauhaardackel, der kläffte und an seiner Leine zerrte. Die Wirtin rief. Schäferhund und Ziege störten sich aber nicht an dem Rufen. Ein Pfiff ließ sie allerdings verstummen, doch sie blieben am Eingang. Die Ziege stand sogar mit geneigtem Kopf und stoßbereiten Hörnern. War es Bosheit, Wachsamkeit oder Eifersucht, dass sie so reagierte? Der Schäferhund stand schräg hinter ihr, so, als wolle er die Ziege kämpfen lassen.

„Warum geht der Mann bloß nicht weiter?", dachte ich. „Er sieht doch, dass die Ziege seinen Hund aufspießen würde, wenn..."

Endlich drehte der Mann sich um, und der Dackel rannte mit fliegenden Ohren und so schnell es ihm auf seinen kurzen, krummen Beinen möglich war, an der anderen Straßenseite Richtung Wald. Ab und zu wendete er dabei sichernd den Kopf. Hund und Ziege begleiteten die beiden auf unserer Seite des Zaunes bis zur Ecke des Grundstücks. Dort verharrten sie, bis die

‚Feinde‘ hinter der Kurve verschwunden waren, schickten ihnen noch einige Blaffer und Meckerer nach und kehrten dann zurück.

Ich legte mich hin und dachte über das Fachwerkhaus mit den verwitterten Schriftzeichen auf den Balken nach. Es lag, genau wie im Prospekt versprochen, außerhalb des Dorfes vor einem leicht ansteigenden Mischwald und am Rande eines Wiesenareals, durch das sich ein Bach schlängelte. Genau diese Einsamkeit hatten wir gesucht.

Doch dann fielen mir die Tiere ein, und ich seufzte. Daran, dass sie mich in Haus und Garten beobachteten, würde ich mich erst gewöhnen müssen.

Überlebenskünstler Spatz

Holger und Karin rasteten auf der Bank am Waldrand und bewunderten die Berge, den See und die in der Sonne blitzenden Zwiebelkirchtürme der Orte. In der kürzlich gemähten Wiese vor ihnen lärmten Vögel.
„Hier sind viele Spatzen. Bei uns gibt es kaum noch welche."
„Kein Wunder. Ihnen wird im Sommer in der Stadt das Futter knapp."
„Du spinnst."
„Nein, wirklich. Siehst du Regenwürmer an heißen Tagen?"
„Neehee."
„Kannst du auch nicht. Sie graben sich dann tiefer in die feuchtere Erde und die Mücken verschwinden zu Seen oder Flüssen."
„Mücken gibt es ja auch reichlich hier."
Holger nickte. „Daher auch viele Sperlinge. Die da in der Wiese scharren nach Würmern und die da am Wegrand an den hohen Gräsern hängen picken Samen."
Katrin stand auf, warf die leeren Joghurtbecher in den Abfalleimer, steckte die anderen Vorräte in den Rucksack und schob ihren linken Arm durch beide Trageriemen. Holger reckte sich, stand auch auf, grinste und sagte: „Ich folge meinem Essen, genauso wie die Spatzen Mücken & Co. nach Regentagen in die Stadt folgen."
An einem Hang fuhr ein Trecker rauf und runter, und immer wieder flatterten kurz vor dem Gefährt Vögel hoch.

„Sie hören ihn ja kommen und sind hoffentlich jedes Mal schnell genug weg.“

„Bestimmt“, antwortete Holger. „Da ihre Ur-Ur-Ahnen schon im alten Ägypten lebten, wird ihre Art es auch weiterhin schaffen trotz Technik, Pestizide und Glasscheiben.“

Karin nickte.

„Sie knallen oft davor. Aber nicht nur Sperlinge, auch Amseln, Elstern oder Tauben.“

„Die Hausfrauen brauchten ja nur nicht so putzwütig zu sein.“

„Putzwütig!“, zischte Karin.

„Ja! Blanke Scheiben spiegeln die Natur und die Vögel können die unsichtbare Wand nicht erkennen.“

„Andere erkennen auch was nicht.“

Sie blieb stehen und ließ den Rucksack von der Schulter gleiten. Er nahm ihn, setzte ihn auf und legte den Arm um die Schulter seiner Frau. Im gleichen Schritt wanderten sie weiter.

Nachmittags beim Kaffee auf der Terrasse beobachteten sie die am Gartenteich tanzenden Mücken. Ab und zu schoss ein braun-weiß gesprenkelter Sperling hindurch und verschwand danach hinterm Regenrohr.

„Ob dort ein Nest ist?“

„Möglich. Und damit du dich nicht noch mehr wunderst über meine ‚Spatzenkenntnisse‘: Mein neuer Kollege ist ein Hobby-Ornithologe. Kürzlich erzählte er, dass Spatzen in ihren unordentlichen Nestern dreimal im Jahr zwölf bis vierzehn Tage lang ein halbes Dutzend Eier bebrüten.“

Wieder sauste ein Vogel durch den Insektenschwarm. Karin schob Kuchenkrümel auf ihrem Teller zusammen.

„Ganz schön anstrengend – und schwierig, nicht durcheinander zu kommen bei der Fütterung, da alle Kleinen die Eltern mit weit aufgerissenen Schnäbeln anbetteln."
Holger trank einen Schluck.
„Nach dem Schlüpfen sind sie noch zweieinhalb Wochen zu füttern. Da Spatzen aber in Schwärmen leben, bleiben die flügge geworden Jungen hinterher trotzdem noch mit ihren Eltern zusammen."
Karin stellte ihren Teller auf den Tisch.
„So ein Familienverband richtet doch bestimmt viel Schaden an."
„Der Kollege sagte, dass es halb so schlimm sei. Sie würden zwar Spitzen von Jungpflanzen und Knospen von Frühjahrsblühern, Obstbäumen und Beerensträuchern abbeißen, aber auch, dass anderen Vögeln, Vierbeinern und Beinlosen das frische Grün schmeckt. So ein Spatzenschwarm verrate sich allerdings immer durch lautes Tschilpen und ziehe daher den meisten Ärger auf sich."
Holger stand auf.
„Ich gehe packen", sagte er und fügte mit einem Blick auf den vorbei fliegenden Spatz an. „Vielleicht brüten bei uns am Haus auch mal welche, vielleicht sogar in der Hecke, so dass wir die Flugversuche der Kleinen beobachten könnten."

***

Seit Tagen regnete es. Das abgefallene Laub lag dunkel auf der Wiese, und die Dahlien ließen die schwer gewordenen Blüten hängen.
Karin hatte ihr Bügelbrett vors Fenster geschoben, um beim Arbeiten den Sperlingen bei ihrer vergnügliche Baderei in der großen Pfütze zusehen zu können.

Verließ einer nach ausgiebiger Planscherei die ‚Badeanstalt', wartete er aufgeplustert und irgendwie zerrupft in der Nähe auf das Trocknen seiner Federn. Er sah hilflos so aus, doch die schwarzen Knopfaugen waren wachsam, und eine hungrige Katze hatte bei einem gesunden Vogel auch dann keine Chance.
Ein Spatzenherr – schwarze Brust, grauer Scheitel – ließ sich auf dem Rand der Vogeltränke nieder. Eine hellbraune Spätzin schwirrte herbei. Er verzog sich zur anderen Seite. Sie rückte nach. Er verschwand zur Regentonne.
Oho – bei ‚Spatzens' stimmte wohl im Moment nicht alles…
Ihr fiel der Spatz ein, der im vergangenen Jahr auf dem Gartenzaun saß und dessen Federn der eisige Wind zauste.
„Ob es einer der beiden war? Jedenfalls hat mir der Kleine so leid getan, dass ich losfuhr und ein Futterhäuschen kaufte. Bei meiner Rückkehr war die Hand voll Spatz jedoch weg, und ich dachte an eine Katze. Als ich aber hinterher die vielen Sperlinge im Futterhäuschen sah, sagte ich mir, dass er bestimmt dazwischen sei und sah ihnen zufrieden bei ihrem eifrigen Picken zu." Karin lächelte. „Außerdem bildete ich mir ein, dass ihr dazwischen ausgestoßenes ‚Tschilp! Tschilp!' ein ‚Dankeschön!' sein sollte und hoffte, dass sie es alle nachts warm hätten und morgen wieder kämen."

✧ ✧ ✧

Man weiß ja nie

Leopold, der neun Wochen alte Kater trabte ins Wohnzimmer. Wie immer meldete er sich an und wollte sein Leckerli. Zuerst hatte ich das Katerchen damit nach Hause gelockt und nun sah er es als selbstverständlich an, dass er bei jedem Reinkommen ein Katzenherzchen erhielt. Also unterbrach ich das Einräumen der Spülmaschine und versorgte den Bettler. Ungeduldiges Maunzen rief mich wieder ins Wohnzimmer.

„Wo steckt er nur. Etwa in der Yuccapalme? Er weiß genau, dass er da nicht sein darf."

Ich schlich zum Erker. Ein Schreck fuhr mir in die Glieder. Leopold ‚spielte' mit einer Hummel. Ich rief ihn. Er störte sich nicht daran, ließ sich auch durch das Rascheln der Leckerli-Dose nicht ablenken. Er tapste mal mit der linken, mal mit der rechten Pfote auf das haarige Brummtier, stupste es sogar mit der Nase an. Ich wagte kaum zu atmen.

Als die Hummel aufzufliegen versuchte, ergriff ich den Kater, steckte ihn in seinen Korb und schloss das Gitter. Leopold miaute beleidigt.

„Katerchen, glaub mir, es ist besser so. Drohnen stechen zwar nicht, sondern nur Königinnen und Arbeiterinnen, aber weißt du, was das ist?"

Mit der Tageszeitung bewaffnet ging ich zum Fenster. Als die Hummel ihren nächsten Flug startete, versperrte ich damit den Weg nach unten. Irgendwas lenkte sie jedoch ab und sie setzte sich auf das Papier, gefährlich nahe neben meinen Daumen. Langsam hob ich die Zeitung zum offenen Fensterflügel. Kurz davor schwirrte das Tierchen los, fand aber den Ausgang nicht, sondern stieß sich am Fensterrahmen und fiel zu Boden. Vorsichtig legte ich die Zeitung neben die Hummel. Wir erhofft, krabbelte sie auf das Blatt, und als sie ruhig saß, hob ich das Papier an. Sofort trippelte sie zum Rand des Blattes. Es knickte um und sie trudelte abwärts. Katerchen schrie, kratzte an der Körbchenwand – und in der Küche rumorte die Spülmaschine. Ich stärkte mich mit einer Praline und sah die Fliegenklatsche.

„Ob das Ding was ausrichten kann? Wohl kaum, denn das Pelztier ist wesentlich größer und massiger als eine Fliege."

Also doch die Zeitung. Diesmal gerollt. Unschlüssig stand ich da, starrte auf die Hummel und stupste sie dann an.

„Brrrr!"

Sie schwirrte los, stieg höher und höher, knallte vor den Fensterrahmen und stürzte wieder ab. Ich holte aus und haute. Daneben. Mit hastigem Flügelschwirren stieg sie auf, und ihr Gebrumm erschien mir gefährlicher als vorher. Sie hatte wahrscheinlich genauso viel Angst vor mir wie ich vor ihr. Wieder knallte sie vor den Rahmen. Doch diesmal hatte sie sich wohl fester gestoßen, denn sie blieb ruhig auf dem Boden sitzen. Ich schlug und traf. Sie krümmte sich. Sie platt zu treten, wagte ich aber nicht, denn sie hätte sich ja genau in dem Moment, wenn mein Fuß über ihr war, aufrappeln und in mein Hosenbein fliegen können. Und dann!

Nach zwei weiteren Klatschern mit der Zeitung rührte sie sich nicht mehr. Tief und erleichtert atmete ich durch.

Jetzt musste sie nur noch weg. Vorsichtig fegte ich die Hummel auf die Kehrschaufel, legte auf dem Weg nach draußen den Handfeger über sie und warf das Untier mit Schwung zwischen die Rosenbüsche. Geschafft.
Mein Gewissen plagte mich. Aber Hummeln sind ein geselliges Völkchen. Falls es eine Königin war, wären ihr noch an die Hundert Untergebene gefolgt. Und was dann?! Nach dem Öffnen des Gittertürchens legte ich mich auf die Couch.
Leopold flitzte in den Erker, wuselte um die Blumen, kletterte dann zu mir hoch und kuschelte sich in meinen Arm. Während ich ihn kraulte und ihm von meinem schlechten Gewissen und den Sorgen seinetwegen erzählte, schnurrte er behaglich.

Thomas und die Schnecken

Max Gerber zog die zu Asche verbrannte Grillkohle auseinander.

„Iiih! So ein Mist!", schimpfte seine Frau im gleichen Moment.

„Was ist passiert?"

„Hach, ich bin auf ‚ne Schnecke getreten."

Er hörte, wie sie mit der Schuhsohle über einen Stein scheuerte und dachte: „Hoffentlich verläuft sich bald ein Igel in unseren Garten und verschlingt einige von ihnen."

Er schob den Grill unters Laubendach und mied auf dem Weg ins Haus die dunklen Flecken auf dem Pflaster. Zwar war nicht jede dunkle Stelle eine Schnecke, aber sicher war sicher.

Ein paar Tage später ging Thomas sofort nach der Schule zu seinem Großvater ins Zimmer.

„Opa, darf ich deine Lupe haben?"

„Tag, Thomas."

„Tag."

„Was gibt es denn so Eiliges?"

„Ich muss zum Holzstapel und Schnecken bekucken."

„So klein, dass du sie nicht sehen kannst, sind die doch gar nicht."

Der Junge zog, ohne die Zustimmung ab zu warten, die oberste Schublade der Kommode auf und griff nach der Lupe. Seine Mutter hatte ihn gehört und rief: „Komm zum Essen, damit es nicht ganz kalt wird!", und füllte seinen Teller mit Suppe. Widerwillig setzte sich der Junge an den Tisch und löffelte. Kaum war sein Teller leer, sprang er auf.

„Willst du heute keinen Nachtisch?" Thomas schüttelte den Kopf.

„Pudding ist doch kalt, also kann ich den auch später essen!", sagte er und verschwand.

In Gummistiefeln und mit einem Spaten, den er wie einen Spazierstock schwenkte, marschierte er bald darauf über den Gartenweg. Am Rhabarber stoppte er, riss ein Blatt ab und lief zum Holzstoß, unter dem er gestern einen Haufen Schneckeneier entdeckt hatte. Mit dem Spaten hob er das weiße Häufchen auf das Rhabarberblatt und trug es zur Werkbank. Dort zog er vorsichtig mit einem Stöckchen die Eier etwas auseinander und betrachtete sie durch die Lupe.

Opa Gerber hatte seine Pfeife gestopft, war vor dem Anzünden nach draußen gegangen und zu seinem Enkel geschlendert.

„Opa, ich sehe nichts von einem Häuschen auf den Eiern. Der Moosach hat uns einen Bären aufgebunden."

„Warum sollte er?"

„Die Dinger sind viel zu winzig."

„In drei bis vier Wochen schlüpfen die Schneckenbabys. Sie brauchen es sofort zu ihrem Schutz. Also wird es schon angelegt sein."

Thomas hob das Rhabarberblatt an einer Seite an, ließ die Eier zur Mitte rutschen, suchte mit der Lupe weiter und sagte: „Opa, ihr Haus besteht hauptsächlich aus Kalk und wenn es beschädigt worden ist, können sie es sogar selbst reparieren. Kannst du dir vorstellen, dass eine Schnecke ihr Haus repariert?" Der Junge schob eine Haarsträhne aus der Stirn und sah seinen Opa an.

„Genau so unglaublich ist, dass Schnecken und

Tintenfische Mollusken sind, also zum gleichen Stamm gehören."
Der Großvater wiederholte gedehnt: „Mollusken...", und in seinen Augen blitzte es auf.
„Aber Schnecken haben nicht Fangarme wie Tintenfische, sondern nur zwei Fühlerpaare und an dem längeren Paar sitzen die Augen." Thomas nickte.
„Opa, 85.000 Schneckenarten soll es geben und jede Schnecke besteht aus Kopf und Fuß und dazwischen ist ein Sack. Den stopfen sie sich gierig voll mit Pflanzen, Früchten oder toten Würmern, verstecken sich und verdauen in Ruhe."
Opa Gerber klopfte seine Pfeife aus.
„Falls sie nicht aufgestöbert werden von einem Igel oder von Vögeln."
„Na ja, weglaufen können sie denen wohl nicht."
Opa Gerber steckte die Pfeife in die Jackentasche.
„Und was machst du jetzt mit dem Kram?"
Thomas zuckte die Schultern.
„Ob ich sie wohl beobachten darf?"
„Vielleicht noch in deinem Zimmer?"
„Neeeh! Ich könnte sie doch wieder unter das Holz schieben und ab und zu nachsehen, ob die Häuschen zu erkennen sind."
„Und dann? - Jetzt kannst du sie noch ohne besondere Gewissensbisse in die Tonne werfen."
Entsetzt sah der Enkel seinen Großvater an. Der blickte über den Brillenrand und sagte: „Du könntest sie in das grüne Blatt einwickeln und nach dem Schlüpfen fänden sie sofort Futter."
„Opa, du weißt genau, dass Schnecken den sauren Rhabarber nicht anfressen." Der Junge starrte auf den Haufen Schneckeneier, atmete tief, nickte und rollte

das Blatt zusammen. „Es ist wohl wirklich besser, dass ich sie entsorge." Er kam zurück, ergriff die Lupe und streckte die Hand aus nach dem Spaten.
„Lass' ihn hier. Ich will noch graben."
Thomas stöhnte. „Ich geh' dann mal und schreib' meinen Aufsatz für Biologie."
Opa Gerber nahm den Spaten, stampfte aufs Land und rief seinem Enkel zu: „Pass' auf, dass du nicht auf Mollusken ausrutschst!"
Thomas lachte, winkte zu seinem Großvater hinüber und lief zum Haus.

Fleißige Krabbeltiere

Das Gartentürchen fiel zu, und fast im gleichen Moment schrie Corinna: „Mamaaa!"
Bei dem Schrei ließ Helma Gerber die Tasse ins Spülwasser fallen und rannte los. Der Dackel Poldi flitzte laut bellend auf seinen kurzen krummen Beinen vor ihr her. Als sie ihre Tochter unverletzt auf der Terrasse stehen sah, stieß sie die angehaltene Luft aus, flüsterte: „Gott sei Dank!" und fragte: „Warum schreist du so?"
Corinna zeigte mit dem Finger auf die Ritze zwischen den Steinplatten bei den Blumenkübeln, tappte rückwärts und hauchte: „Fliegende Ameisen! Da ..."
„Oh!", sagte ihre Mutter, denn gerade kroch wieder eine große Ameise aus dem winzigen Sandhügel. Sie saß einen Moment still, krabbelte dann umher, breitete die durchsichtigen Flügel aus und flog weg. Helma Gerber legte beide Arme um ihre Tochter und ließ ihre Blicke über die Terrasse schweifen. – Alles wie immer. - Erleichtert atmete sie tief ein.
„Weißt du was, ich hole uns jetzt ein Eis."
Das Klicken der Gefrierschranktür lockte den Hund. Schwanzwedelnd lief er wieder mit nach draußen. Mutter und Tochter setzten sich in die Hollywoodschaukel und wickelten ihr Eis aus. Beide gaben Poldi ein Stückchen von ihrer Eiswaffel und schleckten dann schaukelnd die süße Leckerei. Corinna verjagte einen Brummer und blickte mit kraus gezogener Stirn ihre Mama an.
„Warum lachst du?"

„Ich musste gerade an die Gartenparty im vergangenen Jahr denken. Genau an dem Vormittag krabbelten Ameisen am Pavillon die Stützen hinauf, wanderten übers Dach und an der anderen Seite wieder runter. Als ich die Ameisenstraße sah, habe ich: ‚Neiiin!‘ geschrieen, und Oma kam aus dem Haus gelaufen. Als ich ihr das Gewimmel zeigte, sagte sie nur: ‚Och, halb so schlimm.‘“

„Habt ihr sie einfach da gelassen?“

Helma Gerber schüttelte den Kopf.

„Oma besprühte die Viecher mit Essigessenz und ich fegte die abfallenden Tiere auf die Kehrschaufel und brachte sie zum Kompost. Auf dem Weg dorthin erholten sich viele von ihnen, krabbelten wie wild umher und ‚bissen‘ mich.“

„Iiiiih!“

„Es war schon ziemlich unangenehm. Aber abends war nichts mehr von Ameisen zu sehen und den kaum noch wahrnehmbaren Geruch von Essig überlagerte der Duft von Grillwürstchen und Kotelett.“

Wieder kroch eine Ameise aus dem Loch.

„Mama, wie viele sind da drin?“

„Ich weiß es nicht.“

„Sonntag kommt Besuch.“

„Bis dahin sind die Königinnen weggeflogen.“

„Königinnen?“

„Ja. Die Königinnen legen die Eier und danach fallen ihnen die Flügel ab.“

„Mama, da über die Platten laufen auch Ameisen.“

Helma Gerber reichte dem Dackel die Spitze ihrer Eistüte und stand auf.

„Bin gleich wieder da", sagte sie noch zu ihrer Tochter, verschwand im Haus und kam mit dem Abfalleimer zurück.

Sie stellte ihn an der Terrassenecke ab, trat den Deckel hoch und nahm die verwelkten Blumen, eine Bananenschale und einen Kaffeefilter heraus.

Mit der Filtertüte in der Hand ging sie zu dem Ameisennest.

„Vielleicht hilft das Verstreuen von Kaffeesatz um den Hügel noch gegen die wenigen Ameisen. Halte bitte Poldi fest."

Corinna hob den Dackel zu sich auf die Schaukel und kraulte seinen Bart. Ihre Mutter verteilte die feuchten braunen Krümel, warf Blumen und Schale in den Eimer, ging damit in den Garten und leerte ihn in den Kompost. Als letztes fiel noch ein Kaffeefilter heraus. Mit einem Stock zog sie ihn nach vorn, nahm ihn mit und kippte den Inhalt auf den winzigen Sandhügel zwischen den Steinplatten. Erschöpft wie nach schwerer Arbeit setzte sie sich in die Schaukel und legte den Arm um Corinna.

„Die Naturschützer bezeichnen Ameisen als Garten- oder Waldpolizei, da sie von totem Getier und verfaultem Zeug leben. Unser Komposthaufen bietet ihnen viel Futter. Sie können dort wühlen, Gänge bauen und ihren Nachwuchs großziehen, sollen aber ja da bleiben und nicht versuchen hier auf der Terrasse zu siedeln."

Poldi sprang von der Schaukel, trottete zu den Blumenkübeln und beschnupperte den Kaffeesatz.

„Poldi!"

Der Warnruf kam zu spät. Ameisen hatten ihn bereits gebissen. Er wischte mehrmals über seine Nase und

schlackerte dann mit der Pfote. Vergeblich. Die Biester hingen fest. In seinem Bemühen, sie loszuwerden, legte er sich auf den Boden, einfach in den Kaffeesatz. Helma Gerber hob ihn sofort hoch. Er knurrte. Sie trug ihn trotzdem schnell weg und er besiegte jetzt auch die ihn beißenden Plagegeister.
Am anderen Morgen waren die Ameisen von der Terrasse verschwunden und zufrieden fegte Helma Gerber den nährstoffreichen Kaffeesatz auf die Wiese.

Zirkus Antonelli

Rote Plakate mit schwarzen Buchstaben zeigten das Kommen des Zirkus Antonelli an. Auch Helma las die Ankündigung, und beim Betrachten des abgebildeten Clowns stahl sich ein Lächeln in ihre Mundwinkel.

Ein paar Tage später stand sie am Fenster und blätterte in der Tageszeitung. Lautes Brummen ließ sie aufsehen. Ein Trecker zog einen grauen Anhänger auf die Festwiese. Noch einige Lastwagen mit Anhängern bogen von der Straße ab, holperten über die Wiese und parkten im Halbkreis. Der Name ‚Antonelli' und ein Clown schmückten alle Autos. Helma legte die Zeitung weg, nahm das Telefon und tippte die Nummer ihrer Freundin ein.

„Hallo Britta, hier ist Helma."

„Grüß dich."

„Britta, der Zirkus ist da. Könnten wir uns heute bei mir statt bei dir treffen?"

„Hast du Angst, deine Wohnung allein zu lassen?"

„Du meinst: ‚Hol die Kinder rein und nimm die Wäsche von der Leine, die...?'" Kichern kullerte durch die Leitung. „Britta, wir leben doch nicht mehr im Mittelalter. Wir könnten von hier aus beim Aufbau des Zeltes und vielleicht bei den Vorbereitungen für die Show zusehen."

„Gut, ich komme und bringe den Kuchen mit. Bis gleich."

Helma schob Tisch und Stühle ans Fenster.

Die Zirkusleute steckten auf der Wiese ein großes Karree ab, unterteilten des mehrmals und öffneten die Türen der Tierwagen. Zuerst tänzelten vier schwarze

Pferde mit seidig glänzendem Fell ins hinterste Viereck. Ihnen folgten ein Schimmel und ein Schecke. In der Tür des zweiten Wagens erschien eine weiße Ziege mit gebogenen Hörnern und Spitzbart. Sie schaute nach rechts und links und trabte los. Ihre ‚Sippe' und auch einige rosa und schwarz gefleckte Schweine rannten meckernd und grunzend hinterher. Aus dem nächsten Wagen trampelten nacheinander drei Kamele über die Rampe zur Wiese herab. Das letzte sah sich immer wieder um. Als ein Kamelbaby in der Tür erschien, schaukelte es weiter. Unten wartete es auf das Kleine und nebeneinander zockelten die beiden zu den anderen.
Es schellte. Helma öffnete. Britta hielt ihr das Kuchentablett hin und blieb in der Tür stehen.
„Sie ziehen gerade die Plane hoch!"
„Ich weiß. Komm' rein. Wir sehen uns den Aufbau von hier an."
Die Frauen setzten sich an den gedeckten Kaffeetisch, ließen es sich schmecken und beobachteten Tiere und Zirkusleute. Ein Auto parkte am Straßenrand und eine Frau mit Baseballkappe auf stieg aus. Sie hängte sich eine Kamera um und marschierte Richtung Zelt. Ein Mann mit goldbetresster roter Jacke und schwarzer Hose schritt ihr entgegen.
„Schau, Herr Direktor empfängt die Presse."
Laute Musik dröhnte über den Platz. Auf dem Bürgersteig blieben Fußgänger stehen. Die Kamelmutter, geschmückt wie zum Auftritt in der Manege, wurde herbeigeführt. Das Kamelbaby stakste neben ihr her. Zwei Jungen in Kosakenanzügen liefen zu ihnen. Der kleinste Kosak legte dem Jungtier einen Arm um den Hals und kraulte es.

Mehrere Male hob die Fotografin die Kamera.
Britta kicherte. „Wir sind der Zeit voraus!"
„Hm – wieso?"
„Wir haben das Bild von morgen schon heute gesehen."
Helma schmunzelte und nickte eifrig.
Gegen Abend funkelte der Halbmond auf der Zirkuskuppel, die zwischen den Wimpelgirlanden und am Zeltdach aufgehängten bunten Birnen leuchteten und glitzernde Lichterketten zeigten den Weg in die Traum- und Zauberwelt. Auch Britta und Helma schritten über den roten Teppich zum Eingang. Dort empfing Micky Maus alle Besucher, leitete sie zum Kartenverkäufer Donald Duck und im Innern des ‚Palastes' führten Inder mit riesigem Turban sie bei leiser Musik zu den Plätzen.
Zu Beginn der Vorstellung sorgte ein Tusch für Aufmerksamkeit. Danach ertönten dumpfe Gongschläge, und mit brennenden Fackeln liefern die Feuerschlucker ein. Jongleure, Messerwerfer, Seiltänze, Tiernummern, Hochseilartisten und Clowns, zeigten ihr Können. Das Publikum staunte, lachte, hielt die Luft an, klatschte und trampelte Beifall. Auch Britta und Helma waren begeistert.
Täglich steckten die Pfleger ein neues Karree auf der Wiese ab und brachten die Tiere dorthin. Das kleine Kamel folgte brav seiner Mutter, blieb aber einmal hinter der Absperrung stehen, steckte den Kopf in einen Eimer und kippte ihn um. Das Wasser traf die Hosenbeine des Pflegers. Er schimpfte. Es rannte zu seiner Mutter.
Am nächsten Tag blieb das Kamelbaby nicht wie sonst neben seiner Mama, sondern rannte hin und her. Der Tierpfleger lenkte es aber geduldig näher zum Pferch

und stützte sich beim Schließen auf den Zaunpfahl. Das Jungtier kam zurück, stupste mit dem Maul an den Hals des Mannes, schnappte seine Mütze und flitzte damit weg. Er jagte hinterher. Es schlug einen Haken und stürmte durch das noch einen Spalt offen stehende Gatter. Der ‚Hüter' schrie und fuchtelte mit den Armen. Helfer eilten herbei. Sie fingen den Ausreißer ein, drängten ihn zurück ins Gehege und hielten ihn fest. Das Kleine warf den Kopf hoch, vollführte Bocksprünge, keilte aus. Vergeblich. Jemand streifte ihm Zaumzeug über. Die Babyzeit war vorbei. Als die Pfleger es losließen, sauste es zu seiner Mutter, trank und sie liebkoste ihm mit ihrem weichen Maul den Rücken. Später schaukelte sie, begleitet von ihrem Kind, in den Schatten des Nussbaums. Dort legten sie sich eng nebeneinander und blickten hinüber zum Zelt. Scheppern weckte Helma. Sie horchte.
„Ach ja, Abreisetag für den Zirkus."
Sie stand auf, bereitete ihr Frühstück, setzte sich an den Tisch vorm Fenster und wartete auf die Tiere. Doch keines durfte raus. Am späten Vormittag rollten Lastwagen und Trecker mit ihren Anhängern zur Straße und Zirkus Antonelli fuhr als Konvoi davon.
Helma blickte der Kolonne nach und dachte an die tänzelnden Pferde, die rennenden Ziegen und Schweine, das Kamel, das beim Fressen immer auf der Seite lag und dessen Bauch dabei wie ein Berg in die Luft stand und an das Kamelbaby. Sie seufzte, trank einen Schluck Kaffee und sagte: „Ich vermisse euch."

✿ ✿ ✿

Wiegetag

Die Standuhr schlug sieben Uhr. Für sonntags eigentlich zu früh zum Aufstehen, aber die Sonne blinzelte verführerisch durch die Ritzen der Rollladen. Als ich die Terrassentür öffnete, lockte die frische Luft Waldi aus seinem Schlafkorb. Er reckte und streckte sich, schlackerte mit den Ohren und trabte Richtung Hundebaum. Maunzi balancierte über die Mauer heran und begrüßte mich.

Ich setzte Wasser auf, deckte den Tisch und als der Kaffeeduft meine Nase umschmeichelte, tapsten meine Lieblinge in die Küche. Sie wussten, wenn es so duftete, warteten ihre gefüllten Näpfe auf sie. Maunzi fraß wie immer gierig, hüpfte auf die Fensterbank und starrte schon auf den Käse, während Waldi noch seinen Topf in aller Ruhe blank leckte. Danach legte er sich neben meinen Stuhl, bettete die Schnauze auf meinen Pantoffel und tat, als schliefe er.

Meine beiden wissen zwar genau, dass sie erst beim Abräumen etwas vom Tisch bekommen, doch sobald ich die Hand ausstrecke, miaut Maunzi. Und Waldi hebt dann den Kopf, denn es könnte ja sein, dass doch mal etwas vom Tisch herunter fällt. Sie mögen alles, was ich mag, auch Gemüse und frisches Obst.

Als die beiden noch Jungtiere waren, stopften die Kinder sie mal bis zu den Vorderpfoten in einen Strumpf, klammerten ihn an die Wäscheleine und fotografierten sie. Heute würden sie dazu einen Pullover brauchen und die Leine vielleicht reißen. Ich lockte meine Lieblinge ins Bad, nahm Maunzi auf den Arm und stellte mich auf die Waage. Oh je, war sie schwer!

Beim genaueren Hinsehen muss ich sie wohl etwas zu fest gedrückt haben, denn sie miaute ängstlich und sprang vom Arm auf den Klodeckel.

Obwohl Waldi sich nicht gern auf den Arm nehmen lässt, versuchte ich es. Er knurrte und zeigte die Zähne.

„Na gut, dann eben mit Korb." Ich polsterte den Wäschekorb mit einer Decke, wog ihn, redete beruhigend auf den Hund ein und setzte ihn hinein. Er saß wie erstarrt.

„Du bist dreieinhalb kg zu schwer", erzählte ich ihm und hielt den Korb schräg. Der Hund hüpfte heraus und sah mich mit bettelnden Augen an. Ich schüttelte den Kopf. „Leckerli machen dick."

Von ihrem Klothron aus hatte Maunzi das Wiegen beobachtet. Ob sie ahnte, dass sie noch mal dran sein würde? Ich stellte den Korb vor sie hin. Sie machte einen Buckel und ihre Augen wurden hellgrün.

„Du liebst doch Kartons und versteckst dich gern unter Decken." Ich drückte auf die Polsterung. „Sieh mal, ganz weich." Sie drehte gelangweilt den Kopf zur Seite. Ich holte ihr Lieblingskissen und legte es auf die Decke. Doch auch das Kissen konnte sie nicht verleiten, in den Korb zu springen. Also hob ich sie hinein. Beim Loslassen hopste sie jedoch sofort heraus.

„Maunzi, stell dich nicht so an." Ich hockte mich neben sie und kraulte ihren Bart. „Dir passiert doch nichts." Ein neuer Versuch. Sie blieb. Ich stützte mich mit den Fingerspitzen neben der Waage ab, machte einen langen Hals und sah auf die Skala.

„Also, meine Liebe, jetzt weiß ich, warum du nicht auf die Waage wolltest."

Die Sonne schien herrlich. Ich holte Sonnenbrille und Hut, setzte mich auf die Schaukel, wippte und überlegte.

„Waldi ist also dreieinhalb Kilo zu schwer und Maunzi zwei Kilo. Als ich mit ihr auf der Waage stand, war es mehr... Sollte ich etwa selber zugenommen haben? So dick bin ich doch gar nicht! Die Katze saß ja nicht still und daher konnte ich die Zahlen nicht genau erkennen."

Der Unterschied des Gewichts von Katze auf dem Arm und Katze im Korb ließ mir jedoch keine Ruhe. Um meine Zweifel zu zerstreuen, stellte ich mich auf die Waage – und war entsetzt.

„Durch die Sonnenbrille kann ich die Zahlen nicht genau erkennen. Wo ist meine andere Brille? Und außerdem habe ich den Hut noch auf."

Doch trotz der dunklen Gläser hatte ich richtig gelesen und das Abnehmen des Hutes hatte auch nichts gebracht. Seufzend stieg ich von der Waage.

Die Sonne vertrieb meinen Ärger und ich holte mir ein Eishörnchen aus dem Gefrierschrank. Natürlich hörten meiner Vierbeiner das Knistern des Papiers und flitzten herbei. Während ich die süße Leckerei auspackte, verkündete ich: „Ab morgen, meine Lieben, ab morgen werden Kalorien gezählt, aber heute – heute genießen wir noch mal."

✧ ✧ ✧

Schillebolde

Meta hatte ihre Freundin zum Tratschen eingeladen und deckte den Kaffeetisch auf der Terrasse. Elise brachte Kuchen mit, und schon beim Durchschneiden des Gebäcks begann sie: „Weißt du schon, Müllers bekommen ...“
Doch Meta legte den Finger auf den Mund und deutete mit dem Kopf zum Gartenteich. Elise blickte suchend über das silbrig glänzende Wasser und entdeckte auf den Kalksteinen eine Libelle. Ihre durchsichtigen Flügel schillerten metallisch und der dornartige Schwanz wie dunkles Perlmutt. Blitzartig schoss die Wasserjungfer hinüber zu den gelben Schwertlilien und zurück zu ihrem Sonnenplatz vor den Lebensbäumen. Elise legte die Hände in den Schoß und zog die Füße unter ihren Stuhl.
„Du brauchst keine Angst zu haben. Sie tut dir nichts.“
Die Libelle schwirrte wieder über die Köpfe der Frauen. Elise kniff die Augen zu und erstarrte.
„Wie viele Stiche töten einen Menschen?“
„Libellen können nicht stechen.“
Pfeilschnell schoss das Insekt durch den tanzenden Mückenschwarm überm Schilf und verschwand.
„Puh, gut dass sie weg und das Herumgeziesele vorbei ist.“
Meta schüttete Kaffee ein und legte ein Fernglas auf den Tisch.
„Damit du sie dir gleich genau bekucken kannst.“
„Sie ist doch weg“, sagte Elise und schob einen Bissen Kuchen in den Mund.

„Wasserjungfern fliegen regelmäßig mehrmals die gleiche Strecke." Meta betrachtete die sich auf dem Teich wiegende Seerose. „Da hier so oft Libellen flogen und ich Angst hatte, von ihnen gestochen zu werden, sah ich deswegen im Lexikon nach. Sie stechen nicht. Aber was ich dadurch sonst noch alles erfahren habe!" Sie gab ein Stück Würfelzucker in die Tasse und rührte mechanisch. Die Libelle schwirrte vorbei, und Elise deckte mit der Hand ihren Kuchen ab.

„Sie will deinen Kuchen nicht. Sie ist Fleischfresserin."

„Was ist sie?"

„Du hast dich nicht verhört. Wenn sie so hin und her schießt, jagt sie Mücken, Fliegen und auch Bienen."

„Bienen?"

„Ja. Die werden ergriffen und sofort eingeschleimt." Elise schüttelte sich und zog die Schultern hoch.

„Manche Libellenarten haben eine Flügelspannweite bis dreizehn Zentimeter und fliegen in Paarungsrädern oder Paarungsketten durch die Gegend."

„Da ist die Libelle doch tatsächlich wieder!"

„Was wollte ich gerade sagen? Ach so. Sie legen ihre Eier in seichtes oder sumpfiges Wasser. Einige Typen häuten sich bis zu fünfzehn Mal und brauchen fünf Jahre zur Entwicklung."

Die Libelle landete auf einem Seerosenblatt. Elise ergriff das Fernglas.

„In der Zeit leben sie von Kaulquappen. Manche fressen auch kleine Fische. Stell dir vor, es gibt an die achtzig Arten in Europa."

„Meine Güte."

„Es ist auch das älteste Insekt der Erde."

„Ist das nicht …"

Meta schüttelte den Kopf.

„Nein, nein, nein. Es ist die Libelle. Und wie üblich in der Natur sind die Männchen auch bei ihnen bunter als die Weibchen.“

„Und was ist das da?“

„Bin ich Hellseher?“

Elise betrachtete das sich ausruhende Tier.

„Ist das Vieh hässlich mit seinen vorstehenden Augen, den komischen Fühlern und staksigen Beinen. Uuuaaah.“

Sie legte das Fernglas weg.

„Eine Schillebold ist eben nicht jedermanns Ding“, antwortete Meta.

„Schillebold. Der Name ist viel zu schade für so ein hässliches Tier.“

„Ich habe sie nicht getauft. Von unserem holländischen Besuch erfuhr ich, dass sie dort so heißen.“

Elise seufzte. „Ich bin schon ganz froh, dass deine ‚Schillebold‘ aufgehört hat zu jagen. Ich hatte doch Angst, sie könnte bei ihrer hektischen Fliegerei die Kurve nicht kriegen, irgendwo vorknallen und mich beißen.“

Meta kicherte. „Du bist eine Bangbuxe.“

Elise trank ihre Tasse leer und stand auf.

„Willst du schon gehen?“

„Ja.“

„Ich habe dir doch noch gar nichts von Starrflüglern und Teufelsnadeln erzählt.“

„Musst du auch nicht. Libellen sind ja ganz interessant, aber eine Biologiestunde reicht mir.“

Hinter ihrer Freundin klinkte Meta das Gartentürchen zu und murmelte: „Ich glaube, Elise ist beleidigt.“

✿ ✿ ✿

Eine Hand voll Katze

Monika hatte zusammen mit Anke den ‚Fiesta' Probe gefahren. Auf dem Einstellplatz setzte sie den Wagen zurück, fuhr noch mal vor und parkte.
Beim Weggehen blickten die Frauen sich um. War auch alles in Ordnung? Der Schreck fuhr ihnen in die Glieder. Ankes neun Wochen alter Kater saß neben dem rechten Hinterrad des Autos. Er tapste mit seiner Vorderpfote am Reifen herum. Wie lange war er schon auf dem Einstellplatz?
„Luzifer, wo kommst du denn her? Was sind das denn für neue Moden?"
Die ‚Katermama' nahm die Hand voll Katze auf den Arm.
Ein Lastwagen fuhr vorbei.
„Sieh dir die Räder an!" Katerchen drehte den Kopf zu dem rappelnden Ungetüm. „Was glaubst du, was die Autoreifen mit dir machen? Autoreifen sind kein Spielzeug."
Im Hausflur ging Anke in die Hocke und ließ Luzifer vom Arm springen. Ehe sie die Tür schließen konnte, entwischte er. Im Blumenbeet vorm Haus durfte er sein; aber blieb er dort auch?
„Hast du keine Angst, dass er wegläuft?", fragte Monika.
Anke schüttelte den Kopf: „Katzen tun das eigentlich nicht."
Sie stellte die Haustür mit der Sperre offen. Katerchen schlängelte sich durch den Spalt. Er flitzte durch die offene Terrassentür jedoch sofort nach draußen, jagte über die Wiese, um die Beine der Gartenmöbel herum

und zurück ins Wohnzimmer – bis zum Esstisch. Dort baumelte ein Wollknäuel für ihn an der Rückenlehne eines Stuhles. Er setzte sich auf die Hinterpfoten und versuchte, das schaukelnde Knäuel zu fangen.

„Mama!", rief Katja, „jetzt hängt er am Stuhl."

„Scheuch ihn runter. Das Rohrgeflecht ist nicht zum Spielen für ihn."

„Er will nicht."

Anke löste Katerchens Krallen aus der Wolle. Sie hob ihn zu sich hoch, sagte: „Lass das!", und setzte ihn auf den Boden. Der Kater legte die Ohren an, hielt den Kopf schräg. Da nichts mehr passierte, trabte er zur Yuccapalme und sprang auf den Blumentopf.

„Halt!", rief Anke. „Dein Katzenklo steht im Keller und das Blumenbeet ist draußen. Die Yucca ist nicht für dich."

Sie trug ihn ins Blumenbeet. Über die Beeteinfassung hüpfte er aber sofort wieder auf die Terrassenfliesen, rieb sein Köpfchen an ihrem Hosenbein und spazierte zurück ins Zimmer.

„Mama", rief Jan, „Luzifer ist auf dem Tisch."

Der Kater balancierte am Tischrand entlang zu Jan.

„Es ist nicht zu fassen. Da war er bis jetzt noch nie."

Mit energischen Schritten ging Anke zum Esstisch. Der Kater wäre ja weggelaufen, aber vom Tisch zu springen, wagte er nicht. Sie gab ihm einen Klaps und setzte ihn runter. Katerchen miaute beleidigt.

Etwas später raschelte und kratzte es; Luzifer übte in der Yuccapalme Klettern. Als er Anke kommen sah, rutschte er den Stamm herunter und versteckte sich hinter einem Farn. Sie kümmerte sich nicht um ihn; das war ein Fehler. Er sprang wieder auf den Tisch.

„Was fällt dir ein", schimpfte Anke. Sie gab dem Kater einen Klaps, schob ihre Hand schnell unter seinen Bauch und trug ihn ins Freie.

„Mama, es regnet doch", riefen die Kinder.

„Gerade drum! Doppelter Erziehungseffekt!", und leiser zu Monika: „Hoffe ich."

Luzifer wollte rein. Zuerst setzte er vorsichtig die Vorderpfoten auf den Teppich, lugte um den Türrahmen – sah Anke. Rückzug. Sie stellte sich hinter den Vorhang. Als Katerchen wieder um die Ecke linste, entdeckte er nichts Gefährliches und huschte ins Wohnzimmer. Monika legte ihre offene Handtasche auf die Erde. Katerchen beschnupperte sie, schob vorsichtig seinen Kopf hinein, setzte die Vorderpfoten auf den Verschluss und zog die Hinterbeine nach. In der Tasche drehte er um und legte sich. Monika nahm den kleinen Kerl aus der Höhle. Ein klägliches „Miau!" war die Antwort.

Von ihr rannte er zu seinem Wollknäuel, sprang und krallte im Rohrgeflecht. Als Anke drohte, wollte er sich in Sicherheit bringen - auf dem Tisch. Sie setzte ihn auf den Boden. Der Kater sauste zur Terrassentür und nach draußen. Zuerst blieb er auf den trockenen Steinen unter dem Balkon. Dann schlich er über die Wiese und versteckte sich neben den Fuchsien. Seine weißen Schnurrhaare vibrierten. Der Brummer störte sich nicht an ihm. Ein Sprung! Katerchen war, trotz der ausgefahrenen Krallen, zu kurz. Er sah dem davonfliegenden Brummer nach, spazierte zur Hecke und beobachtete die Straße. Monika sah in eine andere Richtung.

Aber Luzifer kam zurück, jedoch nur bis zum Blumenkübel. Dort duckte er sich und belauerte einen

Regenwurm. Ein Sprung! Katerchen starrte auf das Geringel. ‚Es fliegt nicht weg!' Taps, taps! ‚Es krabbelt auch nicht weg!' Taps, taps. ‚Komisch!' Luzifer ließ von dem Regenwurm ab.
Mit steil in die Luft gestrecktem Schwänzchen stolzierte er ins Wohnzimmer, schleckte Milch, stieg auf die Decke in der Couchecke und kuschelte sich ein. Seine Augen wurden kleiner und kleiner und fielen dann ganz zu. Monika besah sich die Hand voll Katze, nickte und dachte: „Heute ist er heil zurück. Kann er sich auch morgen, übermorgen und immer vor den Autos und den anderen Gefahren in Sicherheit bringen?!

Wilde Jagd im Affenkäfig

Während Herr Gerber die Familienkarte für den Zoo kaufte, betrachtete Timmy die Infotafel.

„Da! Da ist der Bolzplatz.“

„Ich will zum Streichelzoo!“, maulte seine Schwester.

„Pfh“, machte er, „blöder Kinderkram!“

„Selber blö …,“ schimpfte sie, verstummte aber beim plötzlichen Gekreisch der Affen und rannte ihrem Bruder nach zum Wassergraben. Nebeneinander standen dann beide vor der Schutzmauer und beobachteten die Affen auf ihrer Insel. Die Kapuzineräffchen jagten einander die Bäume rauf und runter und sprangen in großen Sätzen von Ast zu Ast. Geschickt nutzten sie dabei ihren langen Schwanz zum Festhalten und Balancieren. Einige Tiere schaukelten auch schreiend an Seilen oder hangelten an der Strickleiter über den Bachlauf.

Ein Pfau kreischte, schlug ein Rad, stolzierte über den Weg zu den Flamingos und von da zum Ententeich. Gerbers folgten ihm und stellten auf einer Bank im Schatten ihre Sachen ab. Jana kramte zwei Scheiben Stuten aus dem Rucksack und fütterte die Enten. Timmy hatte keine Lust dazu. Er drehte den Mützenschirm seiner Baseballkappe nach vorn, zog ihn tief in die Stirn und versuchte, auf dem glitzernden Wasser Entenpaare zu erkennen.

Vom Teich aus spazierte die Familie an Eisbären und Pinguinen vorbei zum Streichelzoo.

„Ich hab' keine Lust da rein“, nörgelte Timmy.

Sein Vater zwinkerte ihm zu.

„Die Frauen können ja Kaninchen streicheln. Wir Männer gehen bolzen." Timmy strahlte, öffnete sogar das Türchen und stieg danach mit seinem Vater den Abhang hinauf zum Bolzplatz. Jana hockte sich sofort ins Gras zu einem schwarz-weißen Kaninchen, streichelte es und redete mit ihm. Frau Gerber setzte sich auf eine Bank und stellte den Korb neben sich.
Bedächtig stakste eine Zwergziege mit ihrem Zicklein näher. Jana verließ die Kaninchen. Vorsichtig streichelte sie die Ziegenmutter, die leise meckerte und neugierig zum Korb blickte. Jana packte das erst morgens geschnittene Möhrengrün aus und verteilte es an die kleinen und großen Vierbeiner. Kaninchen und Hasen mümmelten, Ziegen und die noch heran gekommenen Minischweine fraßen ihr aus der Hand und ließen sich gleichzeitig streicheln.
Als das Grünzeug verfüttert war, hielt Jana den Tieren die leeren Hände hin und sagte: „Alle, ich habe nichts mehr."
Die Ziegen blieben trotzdem, doch beim Klappern des Türchens liefen sie zu den neuen Besuchern.
Jana blickte den Tieren nach.
„Sie haben noch Hunger. Wir hätten mehr mitnehmen müssen."
Mama drückte ihre Tochter.
„Andere Kinder bringen ihnen auch Futter mit. Komm, wir gehen."
Herr Gerber sah sie aus dem Gehege kommen, rief Timmy, und zusammen spazierten sie vorbei an Papageien, Gämsen, Bären und erreichten den Waldspielplatz mit den Essplätzen. Frau Gerber packte Getränke, Geschirr und Nudelsalat aus. Die Kurzen hatten keine Zeit zum Essen. Sie enterten lieber das

Schiff, erstürmten über die Hängebrücke die Burg und führten dort einen Siegertanz auf. Als eine andere Familie kam, brachen Jana und Timmy ihren Tanz ab und wollten weiter.

Bei ‚Schnick - Schnack – Schnuck' gewann Timmy. Seine Schere konnte Janas Papier schneiden, und so ging's zuerst zu Kamelen, Nashörnern, Elefanten und danach zum großen Affenkäfig. Dort saß Ato, der Großvater der Herde, im Schatten, und Jungtiere wuselten um ihn herum. Sie versteckten sich hinter seinem breiten Rücken oder jagten den Baum hinauf und hinunter. Kleinere hüpften dabei auf Atos Hand, und er hob sie hoch zur Astgabel.

Plötzlich tönte Ato missgelaunt, zog die Oberlippe hoch und zeigte seine Zähne. Der Nachwuchs verschwand eilig. Ein Affenkind war nicht schnell genug. Er hielt es fest, starrte es einige Augenblicke mit zusammen gepresstem Maul an und ließ es los. Es flitzte den Baum hoch, sprang zum Seil, verfehlte es und knallte an den Zaun.

Erschreckt sprangen die Zuschauer zurück. Das gefiel dem Tunichtgut. Er kletterte am Seil hoch, schaukelte und sprang wieder auf die Besucher zu. Diesmal bewegten sie sich kaum. Ärgerlich über den geringen Erfolg kreischte er, sprang ab und landete neben einem kleineren Affen. Er flüchtete zu Ato, und der legte schützend seinen Arm um ihn.

Jana lehnte sich an ihren Vater.

„Ich bin müde."

„Könnte ein Eis dich aufmuntern?"

Sie sah hinüber zum Kiosk und nickte, doch ihr Vater zauberte vier Eistüten aus der Kühltasche.

„Gehen wir noch mal zum Streichelzoo?"

„Bist du nicht müde?"
Prompt stellte sie sich wieder vor ihn und sah ihn bettelnd an.
Ein Höckerschwan trompetete und Gänse schnatterten aufgeregt.
„Hör mal!", rief Timmy, „die Affen auf der Insel keifen und kreischen auch", und rannte los. Jana vergaß ihre Müdigkeit und sauste ihrem Bruder nach. Langsam folgten ihnen die Eltern und setzten sich unter einer großen Kastanie auf eine Bank. Wegen der vielen Leute konnten ihre Kinder jedoch nicht an die Mauer, kamen bald wieder zu ihnen und Jana quengelte: „Ich kann nicht mehr laufen."
Timmy sah seine Schwester an.
„Vorhin konntest du noch rennen, also wirst du es wohl noch bis zum Auto schaffen."
Zwei Trinkpäckchen sorgten für Ablenkung.
Langsam spazierte die Familie zum Ausgang, und müde, aber auch zufrieden stiegen alle ins Auto.
Sofort nach dem Anschnallen kramte Timmy seinen Gameboy heraus und versank in die virtuelle Welt, und Jana erzählte auf der Heimfahrt ihrem Schmuseäffchen, von den tobenden Affenkindern.

Wildwiese

Zwischen grünen Gräsern strecken Marienblümchen
ihre weißen, rötlich bespitzten Blütenräder,

gaukeln Schmetterlinge zwischen
Löwenzahnsonnen, Taubnesselkerzen und Zittergras,
wiegen daran,

umsummen Bienen weiße und blasslila Kleeblumen,
sammeln süßen Nektar aus den kleinen Dolden,

flirren Libellen ihre blitzschnellen Kreise
und spazieren Vögel,
scharrend nach Futter suchend.

HERBST

Aufregung für Zwei- und Vierbeiner

Autoreifen quietschten, und ein grauer Hund mit schwarzen Ohren rannte auf den Bürgersteig. Ein dunkles „Wau!" rief ihn zu den Rosenbüschen neben dem Springbrunnen. Der Pudelmischling sauste dorthin und plumpste hechelnd neben einen Bernhardiner mit spitzen Ohren und dünnem Ringelschwanz ins Gras.

„Kräusel, warum bist du nicht zur Ampel gelaufen? Mit den Menschen hättest du sicher über die Straße gehen können."

„Es ist doch nichts passiert, Hardi."

„Ja, ja, weil die Autos gebremst haben."

„Ein schönes Halstuch hast du heute um."

„Du brauchst gar nicht abzulenken."

Die beiden Mischlinge begutachteten die Beagles, Bernhardiner, Wind- und Schäferhunde, die vom Parkplatz zur Halle geführt wurden, in der heute die Ausstellung für Rassehunde sein würde. Die Tiere, die bei der Preisverleihung vorgestellt werden sollten, trippelten, tänzelten oder marschierten mit ihren Besitzern an ihnen vorbei. Einige Herrchen redeten auch mit ihren Lieblingen.

Auch eine Frau und ein Mann, die einen Korb mit Welpen zwischen sich trugen, gingen vorbei. Dicht hinter dem Korb schritt eine Hündin. Hardi bellte verhalten.

„Was sollen denn die Winzlinge hier?"

„Ihre Mama soll bestimmt durch den Bewertungsring."

Kräusels dunkle Augen strahlten.

„Die Kleinen sind ja süß. Sieh nur die dicken tapsigen Pfoten, die breiten Stupsnasen und die eigenartig abstehenden Hängeohren.“
Hardi stampfte mit den Vorderpfoten.
„Wenn sie so durch den Ring schreitet, gewinnt sie.“
Kräusel kläffte leise und entrüstet.
„Und was hat sie davon?“
„Sei nicht so. Sie bekommt eine hübsche Schleife.“
„Und ihre Besitzer eine Urkunde, wodurch sie die schon mitgebrachten Welpen teurer verkaufen können.“
Aufgeregtes Kläffen ließ die Freunde zum Parkplatz sehen.
„Was kommt denn da?“ blaffte Hardi.
Kräusel reckte sich: „Wo?“
„Da vorn. Die haben rote Jacken an.“
Der Kleine stellte sich auf die Hinterpfoten und japste: „Die sind aber aufgeputzt!“
Hardi knurrte: „Die haben sogar Nummern auf den Jacken.“
„Ja, ja. Die spielen gleich mit der Frisbee-Scheibe, die der da vorn trägt.“
„Wie heißt das Ding?“
„Frisbee-Scheibe. Die Kinder in meiner Straße spielen auch damit. Sie werfen sich die Scheibe zu und oft fange ich sie ihnen weg.“ Kräusel drehte sich zweimal um sich selbst. „Sollen wir mit ihnen in die Halle gehen?“
„Warum?“
„Na ja ...“
„Willst du etwa mitspielen?“
Bettelnd sah der Kleine seinen Freund an. Als der Trupp kurz vor der Halle war, sprinteten sie aus dem Gebüsch, flitzten mit durch die Tür und verschwanden

hechelnd hinter einer Säule. Hardi zeigte mit seiner spitzen Schnauze zum Rudel hinüber.

„Und jetzt? Denen nach können wir nicht."

Kräusel trippelte hin und her.

„Setz dich, sonst erwischt dich noch ein Aufseher."

„Aber die Rotjacken sind dort hinten." Enttäuscht blickte der Pudel der Truppe nach und erkundigte sich: „Willst du etwa in den Bewertungsring?"

„Ich? Neeeh! Aber du kannst dich durchschlängeln. Bist du drin, trippelst du gesittet und strahlst mit deinen schwarzen Augen nach rechts und nach links." Hardi kratzte an seinem Halstuch. „Geh doch. Ausgewählt für Pokale werden sowieso nur Rassehunde." Er zeigte seine weißen Eckzähne und es sah aus, als lache er sein Gegenüber an. „Ich will damit nicht sagen, dass du keine Rasse hast. Aber du bist eben ein Mischling."

Kräusel legte sich und platzierte den Kopf auf seine Pfoten. Der Große beugte sich zu ihm hinunter.

„Ich weiß, dass du kinderlieb und treu bist, aber die..."

Er legte sich neben Kräusel. Der erhob sich.

„Komm, wir gehen wieder raus."

„Wir haben ja noch nichts gesehen!"

„Ich sehe sowieso nur Beine und habe Angst, getreten zu werden."

„Geh dicht neben mir und vertrau mir."

Dicht nebeneinander liefen sie zur Fensterreihe.

„So, mein Lieber, hopse auf die Fensterbank und von da auf meinen Rücken."

Der Zwergpudel war von der neuen Perspektive begeistert. Stolz stand er auf dem breiten Rücken seines Freundes und ließ sich tragen. Die Menschen traten, sobald sie die beiden sahen, zur Seite und

hielten ihre Hunde zurück. Gemächlich schritten die Mischlinge durch die entstandene Gasse und hörten:
„Kuck' mal, der Pudel auf dem Bernhardiner!"
„Die beiden sind ja süß."
„Sie laufen bestimmt Reklame für die nächste Schau."
„Die machen das gut, so alleine."
Aber das „Wem gehören die denn?" erschreckte Kräusel. Seine Pfoten rutschten unter Hardis Halstuch. Dabei erwischte er auch das Stachelhalsband und zog es enger. Der Bernhardiner stieß ein lautes warnendes „Wau!" aus. Die Leute wichen erschreckt zur Seite und schrieen: „Aufsicht!"
„Wo ist denn die Aufsicht?"
Auch Hardi hatte Angst. Er sprang über die Absperrung und rannte Richtung Ausgang. Aufseher wollten die beiden festhalten. Doch einfangen ließ der Bernhardiner seinen Freund und sich nicht. Er setzte wieder über das Absperrseil, sprintete in den Kassenraum und sauste mit dem Pudel auf dem Rücken durch die offenen Türen ins Freie.

ø ø ø

Freunde im Park

Nebel lag über dem See und hing zwischen den kahlen Bäumen, deren schwarze Äste von Nässe glänzten. Anna setzte sich auf eine Bank, die Hände in den Manteltaschen vergraben, starrte auf die milchige Wand und dachte an den Untersuchungsbefund. Ihre Gedanken drehten sich im Kreis.

Was sollte bloß werden? Wie sollte es weiter gehen?

Sie spürte, wie eine Träne über ihre Wange lief, fing mit der Zungenspitze die salzige Flüssigkeit auf und wischte mit dem Handrücken die Tränenspur trocken.

Ein Knistern in der Nähe ließ sie zusammenzucken und horchen. Sie saß ganz still, hörte aber nichts mehr. Doch dann entdeckte sie neben einem dicken Baumstamm ein rotbraunes Eichhörnchen. Es saß da, machte Männchen und blickte sie mit seinen schwarzen Knopfaugen neugierig an.

Anna lächelte. Sie liebte diese quirligen Tierchen, wusste, dass die possierlichen Nager hier im Park oft gefüttert wurden.

„Ob es auf eine Leckerei von mir hofft?"

Der Bettler verharrte aber nur einen Moment, bevor er über den Weg flitzte und drüben beim Ilex den Pilz beschnupperte. Das Eichhörnchen knabberte jedoch nicht daran, sondern sauste weiter zu dem großen Walnussbaum, scharrte in dem welken Laub darunter und fand eine Nuss. Es hockte sich auf die Hinterbeine und drehte beim Zernagen der Schale die Frucht geschickt mit den Vorderpfoten. Bei dieser Arbeit stand sein vibrierender buschiger Schwanz wie eine Antenne senkrecht in die Höhe, doch seine spitzen Ohren mit den Haarpinseln spielten vor und zurück.

Der warnende Schrei eines Eichelhähers zerriss die Stille. Das Eichhörnchen ließ sofort die Nuss fallen und flitzte den Baumstamm hinauf. Anna hörte das Einschlagen der scharfen Krallen und dachte: „Davon möchte ich nicht gekratzt werden."

Auf halber Höhe des Baumes entdeckte sie das Tierchen wieder. Während seiner weiten Sprünge von Ast zu Ast berührten die Pfoten immer nur kurz den Landeplatz. Der buschige Schwanz, den es jetzt zum Balancieren und Steuern nutzte, glich im Flug einer flatternden Fahne.

Anna konnte den Weg des Flüchtlings durch die Baumwipfel bis zu einer dichten Blautanne verfolgen. Die vielen darunter liegenden, abgenagten Mittelspindeln von Tannenzapfen ließen sie vermuten, dass dort sein Zuhause war, und sie sagte: „Hast du das Nest selbst gebaut oder ist es ein von dir ausgeraubtes Vogelnest, in dem du dich eingerichtet hast?",

Verstohlen sah Anna sich um. Niemand da, der sie gehört haben konnte. Ein Glück. Sie beobachtete weiter die ausladenden Zweige der Tanne. Das rotbraune Eichhörnchen blieb verschwunden. Sie erblickte allerdings ein dunkelgraues, das dort oben an einem Zapfen nagte. Als er zur Erde plumpste, verharrte das Eichhörnchen nur kurz. Es sprang auf einen tieferen Ast, von da auf den nächsten darunter und erreichte über die ‚Zweigtreppe' die Wiese neben einer dicken Baumwurzel. Dort machte es Männchen, schnupperte, rannte hinüber zu dem Nussbaum und suchte zwischen den trockenen Blättern nach Köstlichkeiten.

Eine Schwarzdrossel stelzte in seiner Nähe umher. Sie scharrte ebenfalls im Laub. Nüsse interessierten sie jedoch nicht. Sie pickte Insekten von den frei gekratzten, feuchten Stellen und Blattunterseiten.
Hundegebell, aufgeregtes Entengeschnatter und Vogelgeschrei erinnerten Anna an die Wirklichkeit. Sie blickte hinüber zum See.
Die Sonne hatte den Nebel vertrieben. Ihre Strahlen tanzten jetzt auf den kleinen Wellen, verwandelten die feuchten Spinnennetze an den Sträuchern in Perlengespinste und der Wind spielte mit dem Schilf.
Anna atmete tief durch. Sie band das Halstuch neu, stellte den Mantelkragen hoch, stand auf und ging zurück.
„Ich werde nicht aufgeben. Andere haben es auch geschafft."
Unter ihren energischen Schritten knirschte der Kies.

ত ত ত

Geheimnisvolle Vorhersage

Bei herrlichem Sonnenschein war Lena an ihrem Urlaubsort angekommen. Zuletzt stieg die Straße etwas bergan und mündete in einer Kastanienallee. Sie führte zu ‚ihrem' Bauernhof. Die weiße Wolke, die wie bestellt am blauen Himmel über dem Tannenwald schwebte, passte zu dem Postkartenbild.
Die Pensionswirtin nahm die junge Frau in Empfang, führte sie aufs Zimmer und öffnete weit die beiden großen unteren Flügel des viergeteilten Fensters. Als sie sich umdrehte, sah sie, dass Lena entzückt die Rosenmalerei des Kleiderschrankes betrachtete. Die Bäuerin lächelte stolz und ließ ihren Blick über Betten, Kommode und Truhe gleiten.
„Die Möbel sind Erbstücke von meinen Großeltern."
Wieder allein, trat Lena ans Fenster, atmete tief die würzige Luft ein und sah hinunter zum Bach, der sich durch die Wiese schlängelte. Seine kleinen Wellen glitzerten glutrot in der untergehenden Sonne.
Als Lena den Koffer ausgepackt und ihre Sachen eingeräumt hatte, war der Sonnenball hinter den Bäumen verschwunden. Nur ein rötlicher Schimmer färbte noch den Himmel. Durch das Tal zogen jetzt Nebelschwaden und der Tannenwald wirkte dunkel und unheimlich.
Erschöpft von der langen Fahrt ging Lena früh zu Bett, doch das Muhen, Blöken oder Grunzen ließ sie nicht einschlafen. Am Schlimmsten aber waren die Zweige der Kastanie. Der Baum reckte seine kahlen schwarzen Äste und Zweige wie Geisterfinger in den Himmel und klopfte damit bei jedem Windzug an die Hauswand.

Lena seufzte. Wie vertraut waren dagegen das oft beschimpfte Hupen der Autos, das Rattern der Straßenbahnen und das Vorbeirauschen der rasenden Züge! Und dann die Helligkeit im Raum. Zu Hause ließ sie abends die Rollladen herunter – und dunkel war es. Hier gab es weder Rollladen noch Gardinen und so schien der Mond ungehindert ins Zimmer. Sein fahles Licht warf den Schatten des Fensterkreuzes auf die weiß gescheuerten Dielen und teilte das Zimmer in zwei kleine und zwei große Vierecke.

Irgendwo im Haus schlug dumpf eine Uhr zwölf Mal. Mitternacht. Die junge Frau kniff die Augen fest zu. Plötzlich fühlte sie sich beobachtet. Doch wer sollte es tun? Der Hund hatte nicht angeschlagen. Sie lauschte. Nichts. Aber das unheimliche Gefühl blieb. Sie blinzelte und sah zwei glühende Punkte am Fenster. Augen! Aber wessen Augen?

Sie kroch unter ihre Bettdecke. Nach einiger Zeit hob sie sie vorsichtig an der Seite etwas hoch und linste durch den Spalt. Ein großer Vogel hockte auf dem Querbalken des offenen Oberlichtes. Sie ließ die Decke fallen und hörte gedämpft: „Uuuhuuuuh!"

„Eine Eule!?"

Nach einigen Minuten lugte Lena erneut durch den Spalt. Immer noch saß der Vogel da und starrte ins Zimmer. Als er den Kopf nach rückwärts drehte, ohne sich zu bewegen, dachte sie: „Es ist wirklich eine Eule! Nur Eulen können den Kopf so drehen."

Lena betrachtete im Mondlicht den Hakenschnabel und den gespenstisch schimmernden weißen Bauch und flüsterte: „Verschwinde! Fang' dir eine Maus! Sind etwa Mäuse hier im Zimmer?"

Sie zog schnell die Füße an und stopfte die Bettdecke fest um ihren Körper. Ihr fiel die Erzählung der Alten ein, dass eine Eule, die sich nachts auf das Fensterkreuz eines Zimmers setzt, den Tod des Schläfers darin vorhersagt. Lena atmete flach und lag ganz still.
Eine Wolke schob sich vor den Mond. Die glühenden Punkte waren weg, aber ein Kratzen, wie von scharfen Krallen, war zu hören. Und dann sah Lena das Tier seine gewaltigen Schwingen ausbreiten und davonfliegen. Lautlos. Mehrmals hörte sie noch das dunkle „Uuuhuuh", doch leiser - weiter weg. Erleichtert kuschelte sie sich in die Kissen.
Als Lena am anderen Morgen wach wurde, reckte und streckte sie sich und war überzeugt, den Eulenbesuch nur geträumt zu haben. Bis sie die Vogelkleckse auf der Fensterbank entdeckte! Einige Zeit starrte sie darauf, sprang dann aus dem Bett, packte hastig ihren Koffer und raste über Landstraßen und Autobahnen nach Hause.
Doch auch hier fühlte sie die Angst vor der Eule.

🐦 🐦 🐦

Wer hätte das gedacht?

Beim Juwelier an der Ecke des Marktplatzes betrachtete ich ‚meine' Brosche. Ich stand, schaute und rechnete. Mein Verstand sagte: „Lass das Kaufen sein."
Mit einem Seufzer wendete ich mich ab.
Von den dekorativ gestapelten Melonen, Möhren und Kohlköpfen bei den Marktständen sah ich wenig. Selbst der Duft der Bratwurstbude konnte meine Gedanken nicht von der Brosche ablenken. Doch dann bekleckerte mich eine Taube, aber wie!
„So eine Sauerei", schimpfte ich.
Der Schiet lief innen und außen am Brillenglas herunter, über meine linke Wange, am Hals entlang, auf meine Jacke. Sogar der Einkaufskorb hatte noch Spritzer abbekommen. Eeeeeklig! Fast hätte ich geheult. Kaum zu glauben, dass es nur eine Taube gewesen sein sollte!
Unbekannte reichten mir Papiertaschentücher. Ich wischte an mir herum. Meine Hände klebten und das Brillenglas war weiß gestreift.
„Gehen Sie doch zu dem Springbrunnen", hörte ich neben mir. Hätte ich auch drauf kommen können, aber...
Schulkinder tobten vorbei. Hinter mir kicherten sie. Lachten die etwa über mich? Na klar, kein Wunder. Fast hätte ich ihnen gedroht.
Am Springbrunnen kam eine Frau zu mir, tippte auf meine Schulter und sagte: „In der vergangenen Woche erwischte mich das Biest. Allerdings traf es nicht Brille und Revers, sondern nur den Arm."

Ich sah sie mit gekrauster Stirn und etwas zusammengekniffenen Augen an. Sie begriff, verschwand und ich putzte mit dem nächsten nassen Tuch weiter.

Die Brille war soweit sauber, aber mein Hals... Ich hatte ihn auch abgewischt, kam mir jedoch immer noch verklebt und dreckig vor, so richtig iiiihhhh!!!

Die Verkäuferin eines Blumenstandes hatte mich auch beobachtet. Sie kam mit einem feuchten Handtuch und rieb an mir und meiner Jacke herum. Ich ließ es geschehen. Sie erzählte: „In der letzten Ratsversammlung ist auch über die Taubenplage gesprochen worden. Es wurde vorgeschlagen, den Tauben Wohntürme zu bauen und dann die Gelege wegzunehmen oder ihnen die Pille unters Futter zu mischen, sogar sie zur Jagd freizugeben. Wo soll es auch hinführen", schimpfte sie „wenn die Tauben sich weiter so zahlreich vermehren?! Sie gurren in sämtlichen Bäumen, sitzen auf der Kirchenmauer 'rum, trippeln in Grüppchen durch die Fußgängerzone und den Passanten vor die Füße."

Meine Knie waren weich. Ich setzte mich auf die Bank neben dem Springbrunnen. Die Marktfrau bot mir von ihrem Kaffee an. Da kam ich bei und schoss einen Blick zu den Tauben im Kastanienbaum. Am liebsten hätte ich mit einem Stein nach ihnen geworfen. Mir meine neue Jacke so zu versauen!

Zu Hause wusch ich zuerst mich, spritzte dann den Einkaufskorb ab und bearbeitete mit Fleckentferner das Revers. Vergeblich. Der Fleck blieb.

„Er wird wohl immer bleiben", dachte ich traurig und hängte die Jacke auf einen Kleiderbügel. „Und was

koche ich nun zu Mittag? Wegen der blöden Taube habe ich nicht eingekauft."
Also noch mal zum Markt. Nachdem ich Obst, Gemüse und Kartoffeln besorgt hatte, ging ich zum Blumenstand.
„Hallo!" Die Blumenverkäuferin strahlte mich an. „Haben Sie den Fleck rausgekriegt?"
Ich schüttelte den Kopf und erzählte, dass der Taubendreck auch mit Reinigungsbenzin nicht ganz rauszukriegen gewesen sei.
„Wenn Sie gleich zurück sind, ist der Fleck weggetrocknet", versuchte sie mich zu trösten.
„Hoffentlich", murmelte ich, bezahlte meinen Blumenstrauß und ging zum Parkplatz. „Der blöde Fleck wird immer zu sehen sein", überlegte ich – und horchte dann auf das Flüstern in mir.
Als ich aus dem Juweliergeschäft kam, trippelte mir eine Taube vor die Füße und äugte verschmitzt zu mir herauf.

ℨ ℨ ℨ

Versuchter Mäusefang

An einem Freitag, als ich mir wie üblich die Fernsehzeitung kaufen wollte, hörte ich aus meinem Kiosk Hilfeschreie und beeilte mich. An der Tür blieb ich aber stehen und rührte mich nicht mehr, sah bloß dem Treiben zu. Die Verkäuferin stand vor der Theke auf einem Hocker, zog mal das linke und mal das rechte Bein hoch und nagte an ihrem Zeigefinger.
Auf der Erde saß eine Maus.
Ein Kunde umschlich sie auf Strümpfen, die Schuhe in den erhobenen Händen, sagte immer wieder: „Ich fang sie schon! Ich fang sie schon!“
Näherte er sich jedoch der Maus von vorn, trippelte sie ein paar Schritte zurück, probierte er es von rückwärts, lief sie vor. Weit holte er dann aus und warf mit Schwung einen Schuh, wartete einen Augenblick, ging vorsichtig näher und hob den Schuh an - nichts!
Langsam stieg Rita von dem Hocker, setzte sich erschöpft darauf, sah von einer Ecke des Raumes zur anderen und jammerte: „Und von wo springt sie mich gleich an?“

&&&

Hartmanns Peter

Frau Hartmann sah zu dem Wellensittich auf der Gardinenstange hinauf.

„Peter! Komm, flieg in deinen Käfig."

Peter hob die Flügel, trippelte nach links, nach rechts, saß dann auf der gleichen Stelle und äugte zu ihr hinunter.

„Mach' dir keine Gedanken um ihn", sagte ihr Mann. „In dem Moment, in dem du das Staubtuch ausklopfst, fliegt er nicht aus dem Fenster."

Noch ein Blick zur Gardinenstange hoch und dann öffnete Frau Hartmann das Fenster. Peter beobachtete sie genau. Als sie es gerade schließen wollte, startete er und entwischte durch den Spalt nach draußen in den Birnbaum.

„Peter!"

Herr Hartmann wurde genauso blass wie seine Frau.

„Reg' dich nicht auf, Irene. Peter kommt zurück. Stelle beide Fensterflügel weit auf und seinen Käfig auf die Fensterbank."

Der Wellensittich hüpfte wie Meisen, Spatzen und Drosseln von Ast zu Ast. Manchmal konnten Harmtanns ihren grüngelben Liebling im Gezweig gar nicht sehen. Sie riefen und lockten ihn trotzdem, doch er störte sich nicht daran. Hartmanns wohnten neben dem Krankenhaus. Ein Wagen fuhr mit Blaulicht und Martinshorn in die Einfahrt. Alle Vögel schwirrten davon, drehten einige Runden und landeten in den Ebereschen neben der Zufahrt.

Herr Hartmann zog sich eine warme Jacke an und nahm den Käfig.

„Du wirst sehen, ich komme gleich mit unserem Peter
zurück."
Seine Frau nickte.
Der Krankenhauspark war nicht groß, doch wie dort
einen Wellensittich finden? Langsam ging Herr
Hartmann über die Einfahrt. Seine Finger
umklammerten den Käfiggriff.
Da! Krächzte da in der dritten Kastanie Peter!?
Herr Hartmann glaubte es nicht recht, hielt aber den
Käfig mit ausgestrecktem Arm hoch. Auf jedes Flöten
folgte ein Krächzen, doch der Wellensittich flog nicht
näher heran.
Bremsen quietschten und alle Vögel flatterten davon.
Sie kreisten über der Weißdornhecke und landeten auf
der Wiese und im Blumenbeet. Herr Hartmann schlich
näher, eine Katze auch.
Herr Hartmann mochte Katzen, aber heute nicht. Er
warf einen Lehmklumpen.
„Miau", schrie die Katze und sauste davon, die Vögel
ebenfalls. Dass sie auch durch den Lehmklumpen
verjagt werden würden, hatte Herr Hartmann in seiner
Aufregung nicht bedacht. Resigniert setzte er den Käfig
auf die Mauer und sich daneben.
Hinter ihm krächzte es.
„Peter!", flüsterte Herr Hartmann, streckte die Hand
langsam aus und hoffte, dass sein Liebling wie sonst
darauf flöge.
Ein Radfahrer schnurrte vorbei. Tschilpen, Schwirren.
Ein Mädchen stellte sich zu Herrn Hartmann.
„Willst du den Wellensittich da einfangen?"
„Oh, da ist er ja!"
„Meinst du, der fliegt von da oben in den Käfig?"

Herr Hartmann besorgte sich eine Leiter, lehnte sie an den Birkenstamm, kletterte vorsichtig hoch und stellte den Käfig auf einen Ast. Der Wellensittich krächzte und hopste näher heran. Jedes Mal, wenn er sich für einen Hüpfer vom Zweig löste, hielt Herr Hartmann die Luft an.

Das Mädchen beobachtete alles mit offenem Mund.

Ein Hund rannte vorbei und bellte. Peter flog weg.

„Blöder Köter!"

„Ich muss gehen", sagte das Mädchen. „Es wird schon dunkel. Wenn du gleich nach Hause kommst, ist er sicher schon da", versuchte es noch zu trösten.

Wie üblich schalteten Hartmanns abends das Fernsehen ein. Ihre Gedanken waren jedoch bei Peter. Sie waren traurig und sorgten sich um ihn. Die Türklingel schrillte. Klingelmännchen!? Wieder schellte es. Herr Hartmann öffnete die Haustür und vor ihm stand eine Nachbarin.

„Haben Sie heute Nachmittag Ihren Wellensittich eingefangen?"

„Nein, hat nicht geklappt."

„Uns ist vorhin einer zugeflogen."

„Was? Jaaaa!"

Herr Hartmann war schon die halbe Treppe hinauf, um den Vogelbauer zu holen.

„Ein grüngelber Wellensittich", schrie die Nachbarin hinter ihm her, „hing bei uns am Fliegendrahtgitter des Küchenfensters. Wir öffneten es, der Vogel flog ins Zimmer und setzte sich auf den Käfig unseres Lorchens. Jetzt sind sie beide drin."

Herr Hartmann flötete und Peter krächzte Antwort. Frau Gerber öffnete das Käfigtürchen. Peter trippelte zum Türchen und zurück, äugte zwischen seinem Käfig

und dem graublauen Wellensittich hin und her und sprang dann zu ihm in die Schaukel. Sie schnäbelten. Peter tänzelte wieder zum Käfigtürchen. Der Graublaue folgte ihm nicht. Peter schlug Purzelbäume an der Stange. Der Graublaue schaute ihm zu, saß aber still auf der gleichen Stelle. Peter trippelte zum Käfigrand und sprang auf das heruntergeklappte Türchen. Er krächzte, sah zurück, krächzte noch mal, aber da er keine Antwort bekam, hopste er hinüber in sein Zuhause.
Der Fernseher lief noch immer bei Hartmanns, aber sie kümmerten sich nicht um Nachrichten und Film. Sie fütterten ihren Liebling mit Salat und Apfelstückchen. Peter trippelte zwischen ihnen auf dem Tisch hin und her, knabberte Zeitungen an, baute einen Berg aus Streichhölzern oder schubste Nähgarnröllchen.

ℒ ℒ ℒ

Kilian

Der Kater hatte ausgeschlafen. Er schob den Kopf vor, hob das Schnäuzchen und gähnte. Welch ein Riesentor für eine Maus! Danach machte er einen Buckel, streckte paarweise Vorder- und Hinterbeine und anschließend jede Pfote einzeln weit aus und spreizte an der ausgestreckten Pfote noch die Krallen.
Mit einer Vorderpfote stieß er dabei gegen seine Silberpapierkugel. Sie rollte vor meine Füße und ich warf damit. Aber Kilian hatte keine Lust zum Spielen und ließ die Kugel Kugel sein. Ihn interessierte die Plastiktüte vor dem Sideboard. Er umschlich sie, schob vorsichtig seine Nase über den Rand und leckte am Griff. Dabei kippte die Tragetasche um. Eine Apfelsine rollte heraus. Kilian rannte vor ihr weg und versteckte sich hinter der Couch. Er linste um die Ecke und da nichts mehr passierte, kam zu mir, strich mit steil erhobenem Schwanz um meine Beine und maunzte. Ich setzte mich in den Sessel vorm Aquarium und ließ die Hand seitlich über die Armlehne baumeln. Kilian strich mit seinem Bäckchen daran entlang, sprang auf meinen Schoß, rollte sich zur Kugel und schob seine Nase unter meine Hand. Ich kraulte ihn hinter den Ohren, streichelte auch seinen Hals und er schnurrte mit geschlossenen Augen. Als mein Bauch knurrte, fühlte er sich gestört, blickte vorwurfsvoll zu mir hoch und verließ mich. Er trabte zu dem aufgespannten Regenschirm neben dem Aquarium, legte den Schwanz um die Pfoten und betrachtete aus seinem ‚Haus' die Welt der Fische.

Kilian war schon drei Jahre bei mir, als ich mir die Fische anschaffte. Beim ersten Füttern der Fische sprang er auf die Orgel neben dem Aquarium und beobachtete, wie ich an das Glas klopfte, die Fische daraufhin angeschwommen kamen, ich die Abdeckung öffnete und das Futter ins Wasser streute.

Von da an kam er angerannt, sobald er mich die Fischfutterdose aus dem Schrank nehmen hörte, setzte sich auf die Orgel und passte auf. Nach ein paar Tagen sprang er beim Füttern von der Orgel auf die schräg gestellte Abdeckung, rutschte ab und landete mit den Vorderbeinen im Wasser. Er strampelte, kratzte, entkam der unangenehmen Nässe und flüchtete hoch oben auf den Wohnzimmerschrank.

In der Stunde muss Kilian beschlossen haben, dass die Fische seine Freunde sind. Beim Ruscheln des Fischfutters trabt er zwar immer noch an und springt auf die Orgel, versucht jedoch keinen Fisch mehr zu fangen - will allerdings von ihrem Futter haben. Ich streue ihm jedes Mal ein paar bunte Flocken vor die Pfoten und er leckt die Bröckchen genüsslich auf. Danach sieht er mir beim Füttern zu und legt sich hinterher auf die durch die Aquariumsbeleuchtung warme Abdeckung.

Manchmal ärgern ihn die Fische da, schwimmen gemächlich vor seiner Nase hin und her oder bleiben sogar davor stehen. Der Kater schiebt dann – ganz langsam – den Kopf auf einen kilometerlangen Hals an der Beckenwand herunter. Ob die Fische wohl hoffen, dass er mal abrutscht und herunterfällt? Lassen sie die Neckerei, schläft oder räkelt Kilian sich wieder weiter auf der molligen Abdeckung.

Falls ich meinen Kater dort streichele, schiebt er meine Hand mit samtweicher Pfote weg. Kraule ich trotzdem noch weiter, rollt er sich auf den Rücken und schaut mich aus großen runden hellgrünen Augen mit Pupillen wie Strichen an. Höre ich dann noch nicht auf, öffnet er etwas sein Mäulchen und zeigt durch diesen Spalt die Zahnspitzchen seiner Eckzähne. Gleichzeitig streckt er mir aus einer Vorderpfote die Krallen entgegen. Diese Warnungen ignoriere ich nicht mehr, habe begriffen, dass Kraulen zurzeit nicht gewünscht wird und akzeptiere – zu meiner eigenen Sicherheit – den Willen meines geliebten Katers.

Hausgenossen

Seit einiger Zeit ist an meinem dunkelroten Alpenveilchen eine Thysanoptera-Kolonie. Das sind harmlose und nur wenige Millimeter große so genannte Gewitterwürmchen. Sie hausen meistens unbeachtet an Pflanzen und ernähren sich von noch kleineren Lebewesen. Kaum vorstellbar, dass es die gibt. Vor einem Gewitter, besonders im Spätherbst, fegt der Wind diese kleinen Tiere einfach aus ihren Wohnburgen und bringt sie woanders hin.
Zuerst wunderte ich mich über die länglichen schwarzen Stippen auf den roten Blüten. Da sie jedoch immer wieder verschwanden, dachte ich nicht weiter darüber nach. Das Alpenveilchen blühte ja auch trotzdem und öffnete als Höchstleistung neunundzwanzig Blüten auf einmal. Danach legte es allerdings eine Erholungspause ein. Im Schutz der grünen Blätter wuchsen jedoch neue Knospen heran.
Nachdem sich die erste neu Blüte entfaltet hatte, entdeckte ich auch die kleinen schwarzen Stippen wieder. Durch die Lupe betrachtete ich das, was sich da auf meiner gehegten und gepflegten Blume von Zeit zu Zeit aufhielt. Gewitterwürmer! Sie mussten sich die ganze Zeit irgendwo an Blättern, Stielen oder Knolle aufgehalten haben, denn draußen war es kühl und somit nicht ihre Zeit.
Ich untersuchte auch meine weißen und rosa Alpenveilchen, konnte aber daran nichts Ungewöhnliches entdecken. Wahrscheinlich landeten die Gewitterwürmer also zufällig bei der rot blühenden Pflanze. Um zu verhindern, dass demnächst noch

andere Zimmerpflanzen befallen sein würden, räumte ich sicherheitshalber eine Fensterbank in der Küche leer und versetzte die Wohnburg nach dort.

Der dicht belaubte Spitzahornbaum vor dem Küchenfenster verhindert direkte Sonnenbestrahlung, doch trotzdem stellte ich die Blume in der Mittagszeit an einen schattigeren Platz. Die Tierchen störten die Wechsel nicht. Sie saßen am Tage auf den Blüten, waren abends verschwunden und morgens wieder da. Ein Hin- und Herkrabbeln konnte ich allerdings nicht bemerken.

Es heißt, beim zweiten Mal hat die Knolle nur noch wenig Kraft. An meinem Alpenveilchen öffneten sich jedoch trotz der ‚Gäste' in kurzer Zeit wieder achtzehn Blüten gleichzeitig. Viele rote Knospennasen, beschützt vom grünen Käppchen, wuchsen auch noch unter den Blättern heran. Wegen der nicht gewünschten Ansteckung der anderen Zimmerpflanzen stand die Blume immer noch allein und vielleicht strengte sie sich gerade deswegen besonders an.

Natürlich welkten nach einigen Wochen die ersten Blüten. Vorher veränderten sich einige von ihnen allerdings schon langsam. In ihren roten Blättern wuchsen weiße Streifen und dehnten sich von der Blütenmitte zu den Rändern aus. Erreichte eine „Straße" die Außenkante des Blütenblattes, entstand dort ein silbrig-durchsichtiger Fleck und der wölbte sich nach außen, wie ein Rosenblatt. Die abgestorbenen Stellen hatten die Farbe von Zigarren- oder Zigarettenasche, waren jedoch nicht faulig und weich, sondern knackten beim Berühren.

Obwohl diese weiß gerippten und grau gefleckten Blüten nicht mehr schön aussahen, ließ ich sie zum

Beobachteten ‚wachsen'. Sie standen auch trotz der Veränderung ganz gerade und neigten sich nicht zur Seite, wie Blüten sonst oft.

Immer mehr längliche schwarze Stippe erschienen an dem Alpenveilchen. Es blühte und blühte trotzdem. An einem gewittrigen Herbsttag saß nach dem Gießen ein Thysanoptera auf meiner Hand. Bisher hatte ich geglaubt, dass die Tiere sich in ihrer ‚Siedlung' wohl fühlten und auch dort bleiben würden. Wahrscheinlich hausten aber mittlerweile sehr viele auf der Blume und es herrschte dort daher ein ziemliches Gedränge. Vielleicht fiel das Gewitterwürmchen aber auch nur zufällig herunter.

Aber wenn einige wirklich zu einem anderen Platz wollen!?

Ich betrachtete mein in voller Blütenpracht stehendes Alpenveilchen mit den vielen Knospen.

„Wie trist wird die Fensterbank aussehen, wenn es dort nicht mehr steht. Ob die Gewitterwürmer durch kräftiges Abduschen verschwinden?", dachte ich, schüttelte den Kopf, öffnete das Fenster und stellte den Blumentopf nach draußen.

Später trug ich ihn in den Garten und stellte ihn zwischen die Maiglöckchen. Da ihren Platz keine heiße Mittagssonne trifft und es auch ab und zu regnete, leuchteten die roten Blüten noch einige Wochen zwischen den grünen Blättern der Maiglöckchen.

ঝ ঝ ঝ

Auge in Auge mit einer Spinne

Ich schaltete das Licht ein und stand da wie hypnotisiert: An der Wand, zwischen Bücherregal und Couch, saß eine dicke Spinne. Und das mir! Ich starrte die Spinne an, und wahrscheinlich starrte sie mich an. Ob sie genauso bange vor mir war wie ich vor ihr?
„So tun, als hätte ich sie nicht gesehen? Geht nicht. Wer weiß, wo sie später hinläuft."
Ich dachte an den Staubsauger, aber im gleichen Moment fiel mir ein, dass ich morgens den Staubbeutel erneuert hatte.
„Ersticken kann sie also nicht und bei der Größe überlebt sie vielleicht den Schock. Was mache ich nur?"
Ich sah an mir herunter. Turnschuhe, Jogginghose. Beim Fangen konnte ich also nicht aus einem Pantoffel herausrutschen und die Spinne auch nicht in eines meiner Hosenbeine hineinrennen - falls sie flüchten sollte.
Auf Zehenspitzen schlich ich zur Wand.
„Verflixt! Ich brauche ja den Besen."
Also vorsichtig rückwärts. Entweder bewegte ich mich zu hastig oder klapperte zu laut. Jedenfalls kroch die Spinne ein paar Zentimeter an der Wand hoch und krabbelte dann schnell schräg über die Wand in Richtung Bücherregal. Ich beeilte mich auch, denn ich wollte ja die Spinne erreichen, bevor sie hinter den Büchern verschwinden konnte und schrie: „Nein! Nein!" doch sie kümmerte sich nicht darum, sondern - verschwand.

Was nun? Eine Nacht mit einer Spinne? Ich räumte die Bücher aus dem Regal, verschob Vasen, Kerzenleuchter und Bilder. Nirgends eine Spinne. Schließlich gab ich die Sucherei auf.

„Sie ist im Wohnzimmer und nicht im Schlafzimmer", beruhigte ich mich. „Vielleicht ist sie auch durch die offen stehende Balkontür nach draußen gelaufen."

Aber sie war nicht nach draußen gelaufen: Als ich am nächsten Abend nach Hause kam und das Licht anknipste, sah ich sofort zur Wand, wo gestern die Spinne gesessen hatte. Und da saß sie wieder, fast an der gleichen Stelle.

„Diesmal entkommst du mir nicht", schwor ich, stellte die Balkontür weit auf und holte einen Pappkarton mit Deckel. Langsam schlich ich näher ans Bücherregal und achtete darauf, dass kein Schatten auf die Spinne fiel. Sie blieb, vom Licht geblendet – oder vielleicht gelangweilt – sitzen.

Noch ein großer, schneller Schritt, und dann stieß ich den offenen ‚Spinnenfangkarton' gegen die Wand. Zur gleichen Zeit drückte ich ein Tuch auf die Spinne, ließ es in den Karton fallen und schubste den Deckel zu.

„Uuaach!"

Am liebsten wäre ich mit der ‚Beute' losgerannt, aber meine Beine waren wie Watte und meine Hände zittrig.

Behutsam stellte ich den Karton mit Inhalt auf den Balkontisch, flitzte ins Wohnzimmer und verriegelte sorgfältig die Tür.

Nachts träumte ich von hungrigen Spinnen, die an Hauswand und Fenster herumkrabbelten und einen Weg zu mir ins Zimmer suchten. Nass geschwitzt erwachte ich.

Da es schon hell war, sah ich im Karton nach der Spinne. Sie war weg. Ein Glück!

Wochen später entdeckte ich an den Fuchsien einen kleinen weißen Wollball, nur so groß wie ein Stecknadelkopf aus Glas.

„Was ist das denn!? Einmal haben sie schwarze Läuse, einmal grüne Läuse – und jetzt klebt so ein weißes, flusiges Ding dran."

Bei jedem Gießen beäugte ich die Fuchsie. Es blieb bei dem einen weißen Gefluse, aber das Wollbällchen wurde dicker und eine Spinne krabbelte oft in seiner Nähe herum. Als die ‚Wache' es wieder mal begutachtete, fiel mir mein Traum ein. Ich erschrak.

„Spinnen fangen Ungeziefer", beruhigte ich mich und starrte auf den Wollball. „Aber mein Blumenkasten ist kein Brutkasten. Und wer garantiert mir, dass der Nachwuchs nicht in meine Wohnung will!?"

Als Mutter Spinne nicht mehr zu sehen war, grub ich die Fuchsie mit dem Kokon aus und pflanzte sie am Kornfeld ein.

Erleichtert, den Wollball los zu sein; fühlte ich mich obendrein auch sicher, denn ich hatte der Spinnenbrut ja nichts getan.

ℬ ℬ ℬ

Auch eine mögliche Wohnung

Im Garten hatte ich mir lachsfarbene Rosenknospen abgeschnitten und vorsichtig die letzten Tautropfen von ihnen abgeschüttelt. Diese Knospen hielten ihren Duft noch gefangen. Morgen, aber vielleicht auch erst übermorgen, würden sich die Außenblätter gelöst haben und der Duft von Aprikosen die geöffneten Blumen umgeben.
Doch bevor ich meinen Strauß in die Vase stellen konnte, wurde ich überrascht. Als ich nämlich das Messer zum Schrägschnitt an den letzten Stängel setzte, knackte er ab und an der Bruchstelle quoll eine Raupe heraus. Verwundert starrte ich auf den cremefarbenen Körper mit dem schwarzen Kopf und den zappelnden Füßen. In Äpfeln und Birnen, ja, selbst in Kartoffeln hatte ich schon Raupen angetroffen – aber in Rosenstielen noch nie.
Auf Grund des sichtbaren Teils der Raupe musste eine Hälfte von ihr aus dem Rosenstängel herausgekommen sein und die zweite Hälfte noch darin stecken. Wahrscheinlich klammerte sie sich mit ihren hinteren Füßen im Stiel fest, um ja nicht ganz heraus zu rutschen.
„Gut, dass der Stiel abgeknackt ist, sonst hätte ich sie vielleicht noch zerschnitten." Ihr heraushängender Körperteil drehte sich im Kreis.
„Ob ich ihre empfindliche Haut doch irgendwo zerdrückte und sie Schmerzen hat? Sie sieht aber heil aus, ist wahrscheinlich verwirrt durch das plötzliche Verschwinden ihrer halben Wohnung und sucht danach." Die lag allerdings auf der Zeitung, die ich

ausgebreitet hatte, um nicht alle abgezwickten Blätter und abgeschnittenen Stückchen einzeln einsammeln zu müssen. Runter zu dem Grün wollte die Raupe jedoch nicht, denn sie zog sich zurück in den Stängel.

Ich setzte das Messer noch mal an, holte Luft und schnitt eine Hand breit von dem Stiel ab. An der neuen Schnittfläche krümelte Mark hervor und somit war klar, dass das Viech noch in dem anderen Stück saß.

Ich rollte die Zeitung zusammen und knickte die Enden scharf ab. Es sollte mir auf keinen Fall durch eine Rundung entwischen. Auf dem Kompost würden sich zwar die Knicke wieder lösen, aber dort durfte die Raupe auch herumkriechen.

Leider passten die Blumen in der Länge nicht mehr zusammen. Durch das Abbrechen und nochmalige Abschneiden der ‚Raupenwohnung‘ war der Stiel dieser Rose bloß noch halb so lang wie vorher. Aber es gibt Schlimmeres.

Einige Tage später hatten sich alle Knospen geöffnet und es duftete in meinem Wohnzimmer nach Aprikosen. Jedes Mal, wenn ich an dem Strauß vorbeikam, steckte ich meine Nase in die Blüten und holte ganz tief Luft. Drogenschnüffler müssen in ähnlicher Art ‚Luft‘ einsaugen.

Wie jeden Morgen wollte ich auch heute wieder beim Lüften die Kristallvase mit den Rosen auf das Sideboard stellen, damit ja kein Windzug die zarten Blütenblätter träfe. Verwundert blieb ich jedoch stehen und betrachtete den Strauß, glaubte meinen Augen nicht zu trauen.

Normalerweise kommen Spinnen nur zu zweit, die zweite erscheint ja meistens ein paar Tage später. Bei Raupen ist es wohl ähnlich! Oder wohnte diesmal nur

zufällig noch eine zweite in meinen Rosen? Wie dem auch sei, ein Räupchen, das genauso aussah wie jenes, das ich fast zerschnitten hätte, hing an seinem Seidenfaden von einem Blütenblatt herab. Es schaukelte auf halber Höhe zwischen Blüte und Tischplatte hin und her, krümmte und drehte sich dabei im Kreis. Plötzlich wurde der Faden länger – und ich flott. An der Blume gefiel mir das Tierchen ja, aber auf die Tischplatte herunter durfte es nicht. Also...
Ich riss das Fenster auf, jetzt war mir egal, ob den Blüten der Luftzug schadete, ergriff die Vase und hielt sie aus dem Fenster. Trotzdem ich mich auf die Zehenspitzen stellte, reichte mein Arm leider nicht bis zum Jasmin draußen neben dem Fenster. Ich blies. Die Raupe pendelte und drehte sich wie vorher, aber der Faden wurde nicht länger und sie fiel auch nicht herunter. Ich schwenkte die Vase mit den Rosen, allerdings vorsichtig. Vergeblich. Die Raupe hing im gleichen Abstand wie vorher von den Blüten herab und schaukelte. Ob sie es genoss?
Während ich noch überlegte, wie ich sie in den Jasmin kriegen könnte, streifte eine Bö meine Hand, den Blumenstrauße und die baumelnde Raupe. Der Seidenfaden zerriss und der Wind schob die Raupe vor sich her in ihr neues Zuhause. Glücklich zog ich meine Vase mit den Rosen zurück ins Zimmer und nahm eine Nase voll Aprikosenduft.

ॐ ॐ ॐ

Die Wespen und der Pflaumenkuchen

„Schon fast zwölf Uhr? Genug geputzt, sonst sind die Geschäfte zu, ehe ich Kuchen gekauft habe."
Beim Bäcker sah ich den ersten Pflaumenkuchen des Jahres. Ich gebe nichts darum, aber viele mögen ihn. Wespen und Bienen hatten ihn auch bereits entdeckt.
„Haben Sie keine Angst, dass Sie gestochen werden?", fragte ich die Verkäuferin.
„Die halten sich an den Obstkuchen. Seit wir wieder Pflaumenkuchen haben, ist es besonders schlimm."
„Können Sie denn nichts dagegen tun?"
„Ich bringe gleich Zitronen mit."
„Zitronen?"
„Ja. Die schneide ich durch und lege sie auf die Theke. Es hilft etwas."
Kaum war ich zu Hause, klingelte das Telefon. Martha sagte ihren Besuch für heute Nachmittag ab. Schade.
„Aber wer isst nun den Pflaumenkuchen, den ich extra für sie gekauft habe? Jemanden einladen, so von jetzt auf gleich? Jemanden besuchen und den Kuchen mitnehmen? Ach was! Ich bleibe allein und genieße den Nachmittag auf der Terrasse."

***

„Meine Güte!" Fast hätte ich das Kuchenpaket fallen lassen, als ich es vom Tisch nahm und es darin losbrummte. Mit einem ausgestreckten Finger an ganz langem Arm tippte ich an das Kuchenpapier.
Sssss…
„Habe ich vielleicht eine Biene aus der Bäckerei mitgebracht? Was mach' ich jetzt bloß? Zuerst muss das Paket mal nach draußen."

Ich stellte es an den äußersten Rand des Tisches und starrte auf das Papier.

Sssssss...

„Sie stechen nur aus Angst", sprach ich mir Mut zu. Mit den Fingerspitzen hielt ich sorgfältig die zusammengefaltete Seite vor mir zu und öffnete die gegenüberliegende Seite mit einer Gabel. Es *ssss*-te nicht mehr im Paket. Sollte ich mich doch vertan haben? Vorsichtig zog ich das Papier auseinander. Die Biene – oder war es eine Wespe? – saß auf dem Pflaumenkuchen und ließ es sich schmecken. Auf der Wiese mochte ich das Bienenvolk, da war es auch weit weg. Aber hier? Der süße Duft lockte bestimmt noch mehr Viecher an. Sie würden sich auf meinen Teller setzen, auf meine Gabel fliegen oder vielleicht in meinen Mund! Mit einer Zeitung verscheuchte ich das Biest und deckte alles mit einer Tortenhaube zu. Aber ich wollte doch auch Kuchen essen. Also hob ich die Tortenhaube an, legte die Hefeteilchen auf meinen Teller und ließ den Deckel fallen. Jedoch nicht schnell genug. Eine Biene war schon wieder unter der Haube – auf dem Pflaumenkuchen.

„Ja! Genau! Das ist die Idee."

Vorsichtig trug ich das Tablett weit von mir gestreckt zum Terrassenrand, nahm den Deckel wieder herunter und stellte den Pflaumenkuchen Bienen und Wespen zur Verfügung. Auch ich war zufrieden. Ohne Furcht vor ungebetenen Gästen auf meinem Puddingplätzchen konnte ich essen. Gedanken, wem ich den Pflaumenkuchen anbieten sollte, brauchte ich mir auch nicht mehr zu machen.

& & &

Schwarze Knopfaugen

„Aha, die Möbel knacken mal wieder!", hatte ich gedacht und weiter gelesen, doch dann fiel Papier! Unheimlich! Ich stützte mich auf einen Ellbogen, rutschte langsam zur Rückenlehne der Couch und lugte darüber. Die Zeitungen lagen vor dem Hocker auf der Erde.

„Ob jemand gekommen ist? Die Korridortür ging aber doch gar nicht."

Mir wurde heiß. Mit zittrigen Knien und angehaltenem Atem schlich ich vorsichtig zur Wohnzimmertür, stieß sie auf. Die Klinke knallte vor die Wand. Ärgerlich. Auch in den anderen Zimmern hatte sich niemand versteckt. Ein Glück. Erleichtert setzte ich mich und las weiter.

„Da! Da knistert und raschelt es doch schon wieder!"

Ich zog die Beine in den Sessel und starrte auf die Buchstaben.

„Ob ich noch mal durch die Wohnung gehe? Aber vorhin war auch niemand da – und wo sollte der jetzt herkommen!?"

Ich stellte aber den Krimi ins Regal, saß bloß da, lauerte und hörte dann ein Geräusch, wie es Krallen beim Trippeln auf Fliesen verursachen könnten.

„Ob eine Maus in der Wohnung ist? Gestern haben sie hinterm Haus das Korn geschnitten, und beim Mähen wurden bestimmt Mäusenester zerstört."

Mir fiel die Maus ein, die ich beim Leeren eines Kartoffelsackes mit ins Lager geschüttelt hatte. Sie schrie, krallte sich an eine Kartoffel, kollerte damit den Kartoffelberg herunter und lag da wie tot. Etwas später rappelte sie sich hoch, sprang mit einem Riesensatz aus dem Lager und verschwand.

Würde diese Maus – falls es überhaupt eine war – auch von allein wieder nach draußen finden? Hoffentlich, denn in der Wohnung bleiben durfte sie auf keinen Fall. Doch eine Falle mit Käse oder Speck aufstellen, die Maus damit anlocken und mit dem Bügel platt hauen lassen?! Brrr!!!

„Da, hinterm Schaukelstuhl raschelt es!"

Ich zog ihn aus der Ecke. Keine Maus da. Verständlich.

„An der Couch!"

Wieder nichts. Zu hören war das Biest, aber nicht zu sehen und zu kriegen schon gar nicht.

Erschöpft ließ ich mich in einen Sessel fallen, lehnte den Kopf an die Lehne und schloss die Augen. Aber ausruhen konnte ich nicht, fühlte mich angekuckt, blinzelte und traute meinen Augen nicht. Die Maus saß oben in der Gardine und schaute zu mir herunter.

„Du Biest!", schimpfte ich, „du hast mich die ganze Zeit veralbert", und durchbohrte das Vieh mit meinen Blicken. Doch dann fiel mir ein, dass ich nichts bei mir hatte zum Fangen – und ob sie bei: „Ksch! Ksch!" herunter gesprungen wäre und den Ausgang gefunden hätte?

Ich betrachtete das Mäuschen, überlegte, wie ich es am Besten fangen könnte und sah, wie es sich in einer Falte zu verstecken versuchte.

Plötzlich tat mir das kleine in der Übergardine hängende Tierchen leid. Sein Herzchen klopfte gewiss sehr.

„Mäuschen", flehte ich, „bleib da sitzen. Hier in der Wohnung darfst du nicht leben. Lass dich fangen. Ich bringe dich nach draußen."

Ohne hastige Bewegungen erhob ich mich, murmelte und starrte dabei weiter zu dem Tierchen hinauf, versuchte es sozusagen zu hypnotisieren und verließ gleichzeitig mit kleinen Schritten rückwärts den Raum.
Als ich zurückkam, saß das Mäuschen tatsächlich noch an der gleichen Stelle. Ich drückte den Eimer an die Gardine und rüttelte, schüttelte und zerrte den Stoff. Es krallte sich im Gewebe fest, krallte um sein Leben. Endlich erlahmten seine Kräfte und es plumpste in den ausgepolsterten Eimer. Ich trug ihn schnell in den Garten und ließ das Mäuschen unter dem Johannisbeerstrauch mit seinem Schock allein.
Auf dem Rückweg schielte ich zurück über die Schulter; zu sehen war nichts, aber ich beeilte mich trotzdem und verschloss die Terrassentür sorgfältig.

ℒ ℒ ℒ

Gänseschicksal

Sie hatte gerade eine Runde geschwommen und putzte ihre Federn, als man große Körbe, in denen es piepste und zischelte, zu ihr in den Stall trug. Adele unterbrach die Körperpflege, beobachtete, wie die Gänseküken aus den Körben hüpften, rutschten und einige heraus gehoben wurden. Sie trank einen Schluck Wasser und schritt durch das Gewusel zu ihrer Schlafecke. Besetzt!
„Kapp, kapp!"
Das gelbe Knäuel zappelte mit den kleinen Flügeln und tappte zur Seite. Adele setzte sich auf ihren angestammten Platz. Das Küken stand auf roten zittrigen Beinen da, beäugte mit seinen schwarzen Knopfaugen die große Gans – und hockte sich dicht neben sie.
Die Riesin betrachtete den Winzling skeptisch, hob dann einen Flügel, und das Kleine kuschelte sich ein. Noch ein Küken tapste heran. Die Gans lüftete ihren anderen Flügel, und es kroch darunter.
Verwundert beobachtete Adele am anderen Tag, dass die Gelben alle hinter ihr her ins Freie spazierten. Doch dann fand sie es interessant, Mutter einer so großen Kinderschar zu sein. Sie lehrte den Nachwuchs, Gras zu rupfen und die nahrhaften Kräuter zu finden, das Gefieder zu putzen und führte ihn zum Schwimmen an den Weiher.
Die Küken wuchsen, bekamen weiße Federn, wurden groß und stattlich. Zusammen verbrachte die Großfamilie den Sommer. Bei Regen blieb sie im Stall oder unter den Bäumen im Apfelhof. An sonnigen Tagen watschelte sie auf der Wiese umher oder wiegte

sich auf den plätschernden Wellen des Sees. Als sich die Blätter der Bäume rostbraun färbten und die Sonne nicht mehr so lange das Gefieder der Gänse wärmte, mussten sie im Stall bleiben. Dort standen jetzt Wassertöpfe, und dreimal täglich brachte ihnen die Bäuerin Kräuter, gekochte Kartoffeln und Körnerfutter. Durch die verringerte Bewegung setzten die Gänse Fett an und wurden zänkisch.

Das Gezanke erinnerte Adele daran, dass sie im vergangenen Herbst krank und schwach gewesen war. Sie seufzte und dachte: „Ich wollte damals auch gern nach draußen, aber die Großen und Starken schubsten und stießen mich von der Tür weg. Ich war traurig, versteckte mich in der hintersten Ecke, weinte und schlief ein."

Sie lächelte – denn dadurch, dass sie nicht hinaus watschelte, hatte sie überlebt.

Adele sprang auf einen Pfosten und rief: „Gänse, hört mir zu."

Die Herde schnatterte weiter.

„Gänse! Ruhe!"

Vor Verwunderung über den energischen Ton der Alten schwiegen alle.

„Also: Es geht auf Sankt Martin zu."

„Ja, und!? Was haben wir mit Sankt Martin zu tun?", tönte eine Mutige.

„Mit ihm selber nichts, aber der..."

„Komm endlich zur Sache", forderte eine Schwatzhafte.

Adele holte tief Luft.

„Ihr habt euch doch sicher gewundert, dass ihr auch bei Sonnenschein nicht nach draußen dürft!"

Geschnatter und Gezische, und eine besonders Fette

schrie: „Was willst du, es geht uns doch gut hier im Stall.“

„Halt' deinen Schnabel und hör' zu. Sankt Martin ist ein Festtag für die Menschen, und ihre Kinder laufen mit brennenden Laternen durch die Straßen.“

„Sollen sie doch laufen“, blubberte eine Träge und tauchte ihren Schnabel wieder in den Wassernapf.

„Für Gänse ist dieser Tag gefährlich. Viele von uns werden vorher abgestochen, gerupft, ausgenommen und gebraten.“

Flügelschlagen, Gezeter und Geschrei.

„Ruhe!“ Adele rappelte am Türschloss. „Also, fresst nicht nur, sondern bewegt euch trotz der Enge. Und vor allem, wenn die Tür geöffnet wird, stürmt nicht nach draußen, bleibt im Stall.“

Langsam schaute sie noch mal über die jetzt majestätischen weißen Gänse und dachte daran, wie sie als kleine gelbe Wollknäuel zu ihr in den Stall gebracht worden waren.

Einige Tage später wurde immer wieder die Stalltür geöffnet und geschlossen. Jedes Mal durfte ein Dutzend Tiere nach draußen. Trotz Adeles Warnung wollten die Gänse ins Freie, drängten an der Tür und stießen und schubsten sich über die Schwelle. Die Schar wurde immer kleiner...

Adele lockte ihre Lieblinge. Sie antworteten nicht. Adele drängelte sich zwischen die wartenden Vögel und rief immer wieder. Dann sprang sie auf den Pfosten, reckte sich und rief nach ihnen.

Eine der Schneeweißen keifte: „Alte, lass' das Geschrei!“

Adele rutschte ab, fiel zu Boden und wankte dann zu ihrem Schlafplatz. Mit verschleierten Blicken verfolgte sie das Treiben, lockte, trotzdem sie vom vielen Rufen heiser war, weiter nach ihren beiden. Plötzlich zischte es drohend neben ihr.

„Sei endlich still, Alte! Die sind längst draußen.“

Adele starrte den Ganter an, drückte sich weiter in ihre Ecke, kapperte noch einige Male, steckte dann den Kopf unter einen Flügel und weinte. Sie war wieder allein.

ತ ತ ತ

Ungeliebte Flugtiere

Herr Gerber erreichte so gerade noch den Mittagsbus. Er fuhr nicht gern damit, da es dann wegen der Schüler eng und laut war. Aber eine halbe Stunde auf den nächsten Bus warten, wollte er nicht.
Heute wurde Anton Gerber angenehm überrascht. Schon beim Stempeln des Tickets stand ein Schüler von einem Doppelsitz auf. Herr Gerber bedankte sich und rutschte zum Fenster durch. Der Junge setzte sich neben ihn, nahm den Rucksack auf die Knie und diskutierte mit den Freunden auf der anderen Gangseite.
Vor ihnen saßen zwei Schülerinnen. Die Dunkelhaarige redete und nickte dabei bekräftigend, versuchte die Nachbarin zu überzeugen. Es schien aber nicht so leicht, denn die Blonde schüttelte mehrmals verneinend den Kopf.
Beim Busstopp verstand Gerber die Worte ‚Abendsegler' und ‚Hufeisennase', ehe das Motorgebrumm die Stimmen wieder verschluckte.
Am Bahnhof verließen die Umsteiger den Bus. Danach wurde es an jeder Haltstelle leerer und auch ruhiger. Beim nächsten Halt fauchte die Blonde gerade: „Lass mich in Ruhe. Deine schlecht sehenden und mit Echopeilung ausgestatteten Fledermäuse, die sich zum Schlafen in ihre durchsichtigen Flughäute wickeln, interessieren mich nicht!", und sah aus dem Fenster.
Das Mädchen Laura gab jedoch nicht auf. Es entrollte ein Plakat und tippte der Freundin auf die Schulter.
„Kuck' mal, sind sie nicht süß?"

Anton Gerber konnte die Ankündigung auch sehen und
las:

*Fledermäuse
die einzigen fliegenden Säugetiere*

Langsam wendete das Mädchen den Kopf, schaute die
Abbildungen der großen und kleinen Fledermäuse
genau an und sagte: „Die haben Haare!? Die sind ja gar
nicht glatt wie eine Schlange."
„Wie kommt du denn drauf?"
„Ich weiß nicht. Vielleicht durch Draculafilme?" Sie
strich eine Locke hinters Ohr. „Aber findest du nicht,
dass sie mit ihren ausgebreiteten Flügeln an halbe
Regenschirme erinnern?"
Laura schnaufte und blickte die Freundin missbilligend
an. Moni kicherte.
„Und die lange Kralle oben in der Mitte des
ausgebreiteten Flügels gleicht dem knochigen Finger
einer Hexe, die mit: ‚Komm, komm!' Kinder zu sich ins
Haus lockt."
Laura tippte an ihren Kopf und winkte in Monis
Richtung ab.
„Du brauchst gar nicht so beleidigt zu sein."
„Du hast aber auch Ideen."
Beide Mädchen betrachteten das Plakat. Die
Dunkelhaarige tippte auf eine Abbildung.
„Diese Kleine Hufeisennase ist kleiner als eine
Streichholzschachtel, wiegt nur etwa fünfzehn Gramm,
und ihre transparenten Flügel haben eine Spannweite
von etwa dreiundzwanzig cm."
„Waaas?"
Ungläubig sah die Blonde ihre Nachbarin an und hielt
die Hände in dem ungefähren Abstand.

„Das ist ja mehr als die Breite eines DIN-A4-Heftes.“
Laura nickte eifrig und schob ihre Brille höher.
„Sie jagen in der Dämmerung und erschrecken Spaziergänger, bevor sie in ihren Schlafhöhlen verschwinden.“
„Höhlen gibt es hier nicht.“
„Aber Keller!“
„Bei uns im Keller sind keine Fledermäuse.“
„Bei euch wohl nicht, aber vielleicht nebenan in dem Fachwerkhaus!?“
Moni rückte ein Stückchen von Laura ab und kontrolliere den Sitz ihrer Haarspange.
„Willst du mir Angst machen?“ Ein Kopfschütteln war die Antwort.
„Wenn ich abends mit Nero Gassi gehe, höre ich manchmal eigenartiges Quieken, und dann huscht etwas Dunkles über mich hinweg.“
„Sorg‘ dich nicht. Fledermäuse sind nicht gefährlich für Menschen, nur für Insekten und Singvögel. Du weißt doch: Die Echopeilung schützt sie vor einem Aufprall, zeigt ihnen aber auch, wo Vögel sind und dann ...“
„Singvögel schlafen nachts.“
„Hier bei uns. Ziehen sie nach Süden in ihr Winterquartier oder im Frühjahr auf dem Rückweg, fliegen sie nachts und dann jagen die großen Abendsegler sie.“
Moni drehte eine Haarsträhne um den Finger und atmete tief.
„Dann kann mir ja nichts passieren.“
Sie drückte den Halteknopf und zog ihren Schal enger.
„Hoffentlich kommen viele Leute zu eurem Vortrag und gehen hinterher bei der Nachtwanderung mit.“

Laura rollte das Plakat ein, streifte ein Gummiband darüber und sagte: „Du bist doch heute mit Neros Abendrunde dran. Wir könnten zusammen gehen und die Plakate aufhängen."
Moni stand auf.
„Ja, du Nervensäge."
„Gut dass du einverstanden bist." Laura strahlte und tippte mit der Plakatrolle auf die Schulter der Freundin. „Ich hätte dich sonst in einen Singvogel verwandelt und einen Abendsegler herbeizitiert... Um acht Uhr an der Ecke?"
„Okay!", rief Moni von der Tür herüber, hüpfte aus dem Bus und winkte der Freundin von draußen zu.
Beim nächsten Halt stieg auch das von Fledermäusen begeisterte Mädchen aus.
Anton Gerber dachte an die Fachwerkhäuser in der Altstadt, den Park und den Wanderweg um den See. Er nahm sich vor, zu dem Vortrag über Fledermäuse zu gehen, das Nachtwandern wollte er jedoch Jüngeren überlassen.

ৡ ৡ ৡ

Familie Elster

Liebe Lisabeth,

wie geht es Dir? Hier ist alles okay. Warst Du wieder auf Sylt? Wir haben auf ‚Terrassinien' Urlaub gemacht. Keinen Stress durch Kofferpacken, Stau auf der Autobahn, Zugverspätungen oder ausfallender Flüge. Nur das Wetter!!! In unserem neuen Wintergarten, den mein Paul im Frühjahr anbaute, fühlen wir uns trotzdem gut. Aus dem Glashaus heraus beobachten wir Insekten, Kleintiere und Vögel, eben alles, was bei uns so kreucht und fleucht. Eine Elsternfamilie, Du hast richtig gelesen, hat es uns besonders angetan.
Eines Morgens vorm Frühstück, als ich am Fenster stand und auf das Bräunen der Toastscheiben wartete, schlich eine rotbraune Katze über die Wiese und spähte in das Blättergewirr der Hecke. Eine Elster landete wütend keckernd nahe bei ihr.
„Paul, in unserem Garten ist eine fremde Katze."
Sie setzte behutsam ihre Pfoten in das feuchte Gras und stiefelte langsam vorwärts. Die Elster marschierte mit langen Schritten oder hopste in großen Sprüngen, lautstark schimpfend neben der Feindin her, hielt jedoch Sicherheitsabstand. Die Rotbunte beachtete den Vogel nicht, lief aber schneller, sprang auf einen Holzpfosten und balancierte über den Zaun weiter. Die Elster begleitete sie noch eine Weile, zeterte von der Wiese aus zu ihr hinauf und flog dann in den Kirschbaum. Ruhe herrschte.
Der Toast war kalt geworden.

Immer wieder schrieen und krakeelten die Elstern. Einige Tage später wussten wir warum, denn vier junge Elstern, kaum so groß wie Amseln, staksten über die Wiese. Ihre Schwanzfedern waren nur wenige Zentimeter lang und die Farben ihrer Federn leuchteten viel intensiver als bei erwachsenen Vögeln. Daher konnte ich es erst nicht glauben, doch der in ihrer Nähe bleibende Altvogel überzeugte mich.

„Paul, kuck mal, wir haben junge Elstern."

Gemeinsam betrachteten wir die durch das Gras tapsenden Kleinen. Manchmal, wenn sie mit weit aufgerissenem Schnabel und langhalsig vergeblich versuchten die Grashalmspitze zu erreichen, schwankten sie sogar. Die kahlen Stellen der platt geschlagenen Maulwurfshügel waren immerhin ergiebig. Fand ein Jungvogel dort etwas, tönte er und sofort lief oder hopste der zweite und dritte herbei. Das vierte Küken, etwas kleiner als die Geschwister, scharrte jedoch unbeirrt an der gleichen Stelle.

Die Jungen waren nicht nur unbeholfen, sondern auch unsicher, ob sie das Gefundene fressen sollten oder nicht. Sie blickten mit dem ‚Fund' im Schnabel jedes Mal zu der großen Elster und es wirkte, als warteten sie auf Genehmigung zum Schlucken. Vielleicht zeigten sie die Beute ja auch nur, um zu beweisen, dass sie Futter finden konnten.

Plötzlich schwebte Mutter Elster über ihre Kinder hinweg und landete in der Nähe des Einzelgängers. Er rannte und hopste zu ihr, flatterte sogar ein Stückchen. Groß und klein streckten sich die Köpfe entgegen, berührten einander mit den Schnabelspitzen und es sah aus, als gäben sie sich einen Kuss. Vielleicht hatte die Alte dem Kind ja auch eine Leckerei zugesteckt,

doch in ihrem Schnabel hatte ich vorher nichts Wurmartiges oder dergleichen gesehen. Jedenfalls tapste das Küken, es schien zufrieden, davon, und sie flog auf den untersten Ast des Kirschbaumes.
Einmal nervte lautes Elsterngekrächze Paul beim Mittagsschlaf.
„Muss genau jetzt eine Katze auftauchen!"
Von meinem Sessel aus konnte ich nichts sehen. Also legte ich das Buch weg, stand auf und entdeckte zwei Elstern. Sie marschierten im Abstand von etwa einem halben Meter schräg hintereinander über die Wiese.
„Paul, es ist die Getigerte vom Nachbarn gegenüber."
Die Katze spazierte über die Kieselsteine an der Hauswand entlang und legte sich in den Schatten des Blumenkübels.
Ein Motorradfahrer raste über die nahe Straße und erschreckte die Tiere. Die Elstern flogen in die Kastanie, und die Katze rannte unter die Bank in der Sitzecke.
Bald landeten die Elstern wieder auf dem Boden und staksten mit weit aufgerissenen Schnäbeln zur Bank. Die Katze lag still, ließ sie näher kommen und hob den Kopf. Rückzug. Ein neuer Angriff. Der Katzenschwanz peitschte den Boden. Die Vögel hopsten rückwärts. Wütend keckernd griff eine Elster erneut an. Natürlich vergeblich.
Noch ein paar Mal ging es so hin und her, dann erhob sich die Getigerte, flitzte zu den Garagen und verschwand zwischen den Sträuchern. Die Elstern flogen aufs Garagendach, stießen immer wieder schreiend hinunter ins Gebüsch und jagten die Katze über die Straße. Sie hatte Glück, denn die großen Räder des gerade vorbeidonnernden Lastwagens

erwischten sie nicht. Während eine Elster noch einige Zeit auf der Garage sitzen blieb und Wache hielt, flog die andere in den Kirschbaum und schwebte mit den Jungen, sie konnten jetzt schon gut fliegen, hinab auf die Wiese.

Eines von ihnen drehte noch eine Runde um die Eberesche und landete an der Vogeltränke. Paul hatte ihnen extra eine längliche Schale besorgt, damit alle zusammen trinken könnten. Er säubert sie sogar jeden Tag. Na ja, fast jeden Tag. Der dort sitzende Jungvogel wollte allein sein und hackte mit dem Schnabel nach dem Ankömmling. Der wehrte sich. Energisches Keckern trennte die Kampfhähne.

Am Birnbaum trafen sie wieder zusammen. Sofort begann die Zankerei erneut. Hopsend oder rennend umkreisten sie den Stamm, blieben stehen, griffen wieder an und nutzten geschickt etwas höhere Gräser zum Verstecken. Und die Eltern!? Sie scharrten, pickten und passten auf. Morgens weckt uns das hohe „Jschiejäk" der Jungvögel. Es ist gut zu unterscheiden von den Rufen der Alten. Ich hatte gar nicht gewusst, dass Elstern in so vielen Tonlagen ‚sprechen'.

Wütendes Gekrächze ist nur selten, obwohl Elstern eine Menge Feinde haben. Allerdings meiden Katzen zurzeit auch unseren Garten.

Das Treiben von Familie Elster und das Heranwachsen der Jungvögel zu beobachten, macht uns Spaß, und mit dem Brief schweben fröhliche Krächzer zu Dir
von Deiner Vogelnärrin

Lina.

P.S.: Herzliche Grüße auch von Paul.

❦ ❦ ❦

Erneuerbare Lebensqualität

Von Elfriedes Geburtstagsbrunch war ich, zusammen mit der Nachbarin, beschwingten Schrittes nach Hause geeilt, saß nun am Küchenfenster und starrte in den Garten. Zwei Beete mussten noch für den Winter vorbereitet werden, aber ich hatte absolut keine Lust auf Gartenarbeit. Eine graue Wolke schob sich vor die Sonne und erinnerte mich an die schlechte Wettervorhersage. Widerwillig stand ich auf und zog mich um.

***

Immer wieder stieß ich den großen scharfen Spaten in die Erde. Bei jedem Spatenstich zischte es leise und ich hoffte, dass sich die Regenwürmer tief in ihre Wohnröhren zurückgezogen hatten. Als vor sich Jahren zum ersten Mal zwei Wurmhälften am Lehmklumpen vor meiner Schippe ringelten, war ich entsetzt. Opa tröstete mich: „Is' nicht so schlimm. Regenwürmer wachsen zusammen." Ich war trotzdem betroffen.
Forschungen haben ja wirklich ergeben, dass Würmern ein abgetrenntes Drittel nachwächst, egal ob Kopf oder Schwanzende, und dass sie sogar bis zu zehn Jahren alt werden können. Aber wie kontrollierte man das Alter? Vögel bekommen einen Ring und Pelztiere eine Nummer ins Ohr. Doch Regenwürmer haben weder Füße noch Ohren, sondern nur eine dünne zartrosa Haut, und Jungen, die in Eiern in einem Kokon heranwachsen, gleichen später den ‚Vorfahren'.
Mir fiel der Wurm ein, der sich vorige Woche auf einer Steinplatte vor der Kellertreppe geringelt hatte. Er sah schon sehr durchsichtig, blass und schwach aus.

Trotzdem mochte ich ihn nicht anfassen, sondern duschte ihn mit der Gießkanne. Durch das Wasser erholte er sich, glitschte vom Stein und verschwand. Erleichtert hatte ich seine Behändigkeit beobachtet und überlegte: Ob ihn Artgenossen vermissten und in ihren dunklen Gängen auf ihn gewartet hatten? Wie sie wohl die Nachricht über sein Zurückkommen weitergaben? Und warum hatte er überhaupt da gelegen? War er bei seiner nächtlichen Suche nach vermoderten Blättern nicht schnell genug gerutscht? Oder musste er sich vor einem gefährlichen Maulwurf retten und war hinterher zu geschwächt gewesen, um noch weiter zu kriechen? Fuchs und Igel sind zwar auch seine Feinde, aber der Maulwurf besonders! Der hätte ihn bis zum ersten Glied hinterm Kopf verschluckt und dort durchgebissen. Den Kopf, der so nicht weg kriechen und nicht verwesen konnte, wäre von ihm für späteren Hunger in einer Vorratskammer aufgehoben worden. Brrr!

„Verdammt, schon wieder ein Wurm kaputt!"

Warum war er bloß nicht tiefer in die Erde gekrochen? Als mir einfiel, dass so ein Ein-Drittel-Unfall für ihn nicht lebensbedrohlich ist, sah ich ihn mir genauer an. Hatte er vielleicht das dicke Hinterteil, für das er die Wohnröhre besonders groß bauen musste, loswerden wollen? Oder den durch vieles Graben geschundenen Kopf? Und was erhoffte er sich durch ein ‚Neuteil'? Etwa eine bessere Lebensqualität? Warum sollte ich es ihm verdenken!? Menschen lassen an sich ja auch manche Schönheitsoperationen vornehmen. So gesehen fand ich den zerteilten Lumbricus ... - ich wusste nicht, ob es ein Gemeiner Regenwurm, ein Laubwurm oder ein Stinkender Mist-Regenwurm war – sehr mutig.

Immerhin hatte er sich selbst in die richtige Lage vor
den Spaten bringen müssen und schmerzlindernde
Mittel bekam er auch nicht. Er konnte sich nur in seine
Wohnröhre zurückziehen und heilen.
Ich richtete mich auf und sah, dass die Sonne schon
fast die Baumwipfel erreichte.
„Es wird schon bald dunkel."
Wie zur Bestätigung meiner Gedanken raschelten die
Blätter der Hainbuchenhecke. Ich bog den Rücken
noch mal weit nach hinten, sagte: „Aber den Streifen
schaffe ich noch", und stieß den scharfen Spaten
wieder in die Erde.

ম ম ম

Aufregung hoch drei

„In diesem Holzhaus am Ende der Straße riecht es modrig."
Norbert rümpfte die Nase, trat aber trotzdem ein. Eine Glühbirne, deren schwaches Licht kaum bis in den letzten Winkel des Raumes drang, baumelte an einem Draht von der Decke. Durch ein Loch im Dach tropfte das Regenwasser. Ein Blitz zuckte über den dunklen Himmel und spiegelte sich in der verschmierten Glasscheibe des Schrankes.
Der Silberfisch auf dem Boden erstarrte.
Ein Donner dröhnte. Gleichzeitig ließ eine Windböe das Haus beben und drückte die Tür auf. Die knallte vor eine Dachpappenrolle und stieß sie um. Im Schatten der fallenden Rolle flitzte der Silberling los. Sie schlug hinter ihm auf, doch ihr knarzendes Entrollen trieb ihn weiter. Der Winzling ängstigte sich aber nicht nur vor dem dicken schwarzen Ungetüm, sondern auch vor Norberts Stiefel. Der kleine Angsthase ahnte ja nicht, dass der über ihm schwebende Stiefel nur vor die Rolle gestellt werden sollte, um sie dadurch am Auseinanderlaufen zu hindern.
Norbert schaffte es, die Rolle aufzuhalten, schob sie zur Seite, sah das im Zickzack über den Boden rennende Tierchen und trat danach.
Doch bevor der riesige Stiefel ihn zermalmen konnte, erreichte der Silberfisch den Schlupfwinkel.

ø ø ø

Scheunenfest

Frau Gundi Gans traf Erpel Hans.
Er schmückte sie mit einem Kranz
Und lud sie ein zum Erntetanz.

Türsteher ist heut' Henry Hund
Und dafür gibt's 'nen guten Grund.
Discjockey ist Gerlinde Kuh,
begrüßt die Gäste all' mit: „Muuuh!"
Für jeden Tusch sorgt Rosi Schwein,
trommelt gekonnt mit einem Bein.

Der Solotänzer Konrad Hahn
Er steppt sehr wild, schon wie im Wahn.
Verzückt bestaunt sein Tun Frau Henne
Und sagt, dass sie ihn so nicht kenne.
Mit großen Sprüngen toben Katzen,
auf ihren sammetweichen Tatzen.

Voll begeistert rockt die Ziege
rauf und runter auf der Stiege.
Mit ihrem dünnen Schwanz zieht Maus
indes den Käse in ihr Haus.
Neben dem Eingang steht das Schaf
Geduldig kauend, halb im Schlaf.

Feiern will auch Friedel Taube
Denn ihr Köpfchen ziert 'ne Haube.
Näher hoppelt Bob Kaninchen,
mit ihm kommt sein liebes Minchen.
Zuletzt trabt noch herein das Pferd.
Es wiehert: „Fühl' mich hoch geehrt."

Es wird gehüpft, geschwätzt, gelacht,
so dass es jedem Freude macht.
Und dann zum Abschluss Groß und Klein
zusammen tanzen Ringelreih'n.

Winter

Fettpolster für den Winter

Frau Gerber schüttelte sich, schloss die Terrassentür und genoss die mollige Wärme im Raum. Die Hände über der Heizung blickte sie in den Garten.

„Ob die Igelfamilie, die ich an dem Spätsommerabend beobachtete, wirklich in dem Reisighaufen überwintert? Ich war damals auf der Liege eingeschlafen und von einer Art Schmatzen und Grunzen geweckt worden. Sicherheitshalber lag ich ganz still, wendete aber langsam den Kopf in die Richtung, aus der die Geräusche zu mir herüber drangen und entdeckte einen großen und vier kleine Igel auf dem Gartenweg. Erleichtert, dass es kein großes Tier war, atmete ich tief ein und drehte mich vorsichtig auf die Seite, um die stacheligen Gesellen besser sehen zu können.

Die Igelmutter blickte sich immer wieder besorgt zu ihren Kindern um, die im Gänsemarsch hinter ihr her trippelten. Beim Salatbeet machte sie halt, wartete, bis auch der Letzte angekommen war und stieg über die Beeteinfassung. Die Kleinen kletterten ihr nach. Sehen konnte ich sie jetzt nicht mehr, aber schmatzen hören. Kurze Zeit später erschien die Familie wieder auf dem Weg und trippelte zum Birnbaum. Dort ließen sie sich die süßen Früchte schmecken. Beim Aufklatschen einer Birne auf den Boden grunzten sie erschreckt und flüchteten. Bald marschierten Mutter Igel aber weiter, und ihre Kinder folgten ihr wie vorher.

Beim Wirsing unterbrachen sie ihre Wanderung wieder und ich überlegte, ob wir in diesem Jahre wohl so wenige Schnecken hatten, weil die Igel in unserem Garten hausten.

Vom Wirsing eilten sie zu der alten Bratpfanne, in die ich für die Vögel immer frisches Wasser schüttete. Die Kleinen stellten ihre Pfoten auf den Rand und mussten sich zum Trinken ganz lang machen. Von dem Tag an füllte ich die Tränke bis zum Rand mit Wasser.
Durch das grobmaschige Eisengitter des Komposthaufens steckten die Insektenfresser auch ihre spitzen Nasen. Dort gaben sie die Futtersuche allerdings bald auf, liefen zu den Johannisbeersträuchern, dann über das umgegrabene Land und verschwanden zwischen dem frisch gepflanzten Grünkohl. Vorsichtig stand ich auf, schob die Liege unters Vordach der Laube und ging ins Haus."
Frau Gerber rieb ihre Hände, legte sie wieder auf die Heizung und lächelte.
„Als ich den Kindern und Opa von den Igeln erzählte, wollte Corinna sofort nach draußen und Opa sagte: ‚Ich werde den Reisighaufen mit einer Plastikplane abdecken, damit es nicht durchregnet.'
Sofort hat die Kurze protestiert.
‚Opa, Igel brauchen kein Haus. Wir haben gerade in Bio darüber gesprochen. Nachdem sie sich eine dicke Fettschicht angefressen haben, kriechen sie zwischen Sträucher oder in verlassene Kaninchenbauten und überwintern da.'
‚Es soll ja auch kein Haus sein', verteidigte er sich, ‚sondern nur ein Wetterschutz. Ich befestige die Folie eine Hand breit über der Erde, damit die stacheligen Gesellen gut durchschlüpfen können.'
‚Kann da auch kein Hund und kein Fuchs drunter her?' Opa schrieb weiter Buchstaben in sein Kreuzworträtsel und antwortete: ‚Vor Hunden ist der

Igel sicher, weil die Angst vor den Stacheln haben, und Füchse gibt es hier nicht.'

,Bestimmt nicht?', fragte Corinna. ,Der Fuchs würde nämlich die Stachelkugel zum Bach rollen, ins Wasser schubsen und den schwimmenden Igel tot beißen.'

Thomas belegte in der Küche gerade ein Butterbrot und rief: ,Baaah! Fuchs und Hund. Viel gefährlicher sind die Autos.'

,Im Garten sind keine.'

,Igel laufen ja auch über die Straßen.' Er biss in sein Brot, kaute und tönte: ,Die dämlichen Viecher rollen sich wie immer, wenn sie Gefahr wittern, auch da ein und stellen sich tot. Und das sind sie dann auch.' Er kam ins Wohnzimmer und sah seine Schwester an. ,Sie liegen dann platt wie ein Pfannkuchen auf der Straße.'

Corinna quietschte auf.

,Ist doch so!', antwortete er und biss wieder in sein Brot. ,Und Eulen können ihnen auch gefährlich werden.'

,Ich habe hier noch keine gesehen.'

,Eulen fliegen ...'

Mein warnender Blick ließ Thomas verstummen. Er schoss einen giftigen Blick zu seiner kleinen Schwester hinüber, knurrte: ,Weiber', und aß schweigend weiter."

Die Backofenuhr klingelte. Frau Gerber holte tief Luft und ging in die Küche.

Überraschung

Heute Morgen, als ich eine Tablette einnehmen wollte, bekam ich einen großen Schreck. Fast wäre nämlich mit dem Schluck Sprudel ein Silberfisch in mich hinein geschwommen.
Zum Glück sah ich beim Trinken etwas Dunkles in der Flüssigkeit, setzte den Becher ab und entdeckte den strampelnden ‚Fisch'. Mit Schwung kippte ich alles in die Spüle und beobachtete, wie die Flüssigkeit Richtung Abfluss lief und ihn mit sich zog.
„Puh, da habe ich aber Glück gehabt."
Ich schüttelte mich, goss mir neuen Sprudel in ein sauberes Glas und kontrollierte vor dem Trinken, ob auch wirklich nichts darin schwamm. Beim Wegstellen der Flasche sah ich allerdings zwischen den Kochplatten des Elektroherdes einen dicken Silberfisch umherflitzen. Er versuchte sich wohl in Sicherheit zu bringen, aber...
Silberfische gehören zu der Art der Borstenschwänze. Silbrige Schuppen bedecken ihren stromlinienförmigen Körper, und ihre vierundzwanzig Einzelaugen sorgen für eine gute Orientierung. Nach neuesten Erkenntnissen sind Silberfische keine Schädlinge, sondern nur Lästlinge. Unangenehm finde ich die kleinen Flitzer mit ihren sechs Beinen unter dem dicklichen Bauch trotzdem. Besonders, da das Fangen wegen ihrer Schnelligkeit so schwierig ist, es sei denn, sie sind in Wanne, Duschtasche oder Spüle gefallen. Dann finden ihre Füße an den glatten Wänden keinen Halt und sie können also nicht entkommen.
Doch warum bleiben die Viecher nicht draußen? Auf der Wiese zwischen den Gräsern, unter abgefallenem

Laub oder der losen Baumrinde könnten sie es sich doch gut gehen lassen. Wahrscheinlich würden dort allerdings einige von ihnen Vögeln oder anderen Kleintieren zum Opfer fallen. Aber wenn diese Hungrigen sie aufstöbern und fressen, versorgen sie nur sich und ihren Nachwuchs, und das ist also ‚natürlich'.

Doch sie wollen in die Wohnungen und zu den feuchten Stellen in Bad oder Küche. Wenn sie dann wenigstens in den Ritzen versteckt leben würden. Aber nein! Sie kommen aus ihren Schlupflöchern und rennen teilweise sehr unvorsichtig umher. Ob es für ihre Rasse eine Art Mutprobe ist?

Gestern entdeckte ich auf den Bodenfliesen einen dunklen Fleck. Beim Entfernen sah ich, dass es ein platt getretener Silberfisch war. Er brachte sich also nicht schnell genug vor meinem Fuß in Sicherheit und ich beförderte ihn, sozusagen aus Versehen, ins Jenseits. Glück oder Pech; je nachdem von welcher Seite man es sieht.

Vor zwei Tagen wartete ein Riesentier auf mich im Deckel eines Aluminiumkochtopfes. Tiere erstarren ja bei Gefahr, stellen sich also tot, damit man durch Bewegungen nicht auf sie aufmerksam wird. Aber dieser Fisch lag so parademäßig im umgekippten Deckel, dass ich ihn überhaupt nicht übersehen konnte. Er hoffte wahrscheinlich dennoch. Vielleicht schwächten ihn aber auch seine vielen vergeblichen Versuche zum Entkommen bereits so sehr, dass er nicht mehr krabbeln konnte.

Ich riss ein Blatt Küchenkrepp ab und umfasste damit den Urahn aller Silberfische. Oder lag dort ein jüngerer, der ein Anabolikum geschluckt und dadurch einen ungewöhnlich langen und breiten Körper hatte? Wer er auch war, ich entsorgte ihn in der Toilette.

Früher hatte ich immer eine Dose giftiges ‚Fischfutter', die ich mal ins Bad und mal in die Küche stellte. Als sie leer war, konnte ich die gleiche Sorte nicht bekommen. Also versuchte ich es mit einem anderen Fabrikat. Diese neue Marke gab es nur im Doppelpack. Ich stellte beide Dosen gleichzeitig auf. Natürlich nicht nebeneinander, sondern eine in der Küche in die Ecke neben der Spüle und die andere in den Spalt zwischen Waschmaschine und Dusche.

Die Fische mehren sich trotzdem. Größer werden sie auch. Ob ihnen das neue Futter so gut bekommt und sie sich deswegen so zahlreich vermehren? Oder sind sie vielleicht sogar gegen den Wirkstoff darin unempfindlich? Jedenfalls kann es so nicht weitergehen. Ich habe mir vorgenommen, trotzdem Silberfische keine Schädlinge sind, weiterhin Jagd auf sie machen. In den nächsten Tagen werde ich ihnen verführerisch duftende, vielleicht auch glatte und glänzende, aber bestimmt als ‚wohlschmeckend' angepriesene Körner besorgen – und hoffen...

Vielleicht schreckt sie ja auch deren Duft oder Form ab und sie verziehen sich zu ihrer eigenen Sicherheit wirklich nach draußen unters feuchtwarme Laub oder ins weiche Moos.

Flugartisten

Ich habe nichts gegen Fliegen, solange sie mich in Ruhe lassen. Surren sie mir jedoch immer wieder um den Kopf oder umkreisen bei zubereiteten Salaten den Schüsselrand, verjage und verfolge ich sie.
In der Küche sind Fliegen auch leicht zu erwischen, im Wohnzimmer ist das Fangen dagegen schwieriger. Dort setzen sie sich listigerweise an Decke oder Tapete und der zurückbleibende Fleck nach dem Erschlagen sieht hässlich aus. Also scheuche ich Fliegen im Wohnzimmer nur sofort auf, damit sie sich nicht lange ausruhen können. Sie verstecken sich dann meistens schnell, aber sobald sie wieder in meiner Nähe erscheinen, geht die Jagd von neuen los. Verirren sie sich dabei in die Küche, sind sie schon fast tot. Fliesen, Schrankwände, Ofenplatten und das Fenster sind nämlich meine Gehilfen. Die rühren sich zwar nicht, doch Flecken kann man von ihnen abputzen, also...
Meine letzte Fliege war besonders anhänglich und raffiniert. Abends krabbelte sie unternehmungslustig über Couch, Kissen, Tisch und Lampe. Von der Glühbirne blieb sie jedoch so weit entfernt, dass die Hitze ihre Flügel nicht ansengte; über den warmen Bildschirm des Fernsehers spazierte sie dagegen. Ob sie auch wusste, dass sie da vor mir in Sicherheit war? Jedenfalls kroch sie immer wieder aufreizend langsam durchs Bild. Ich ließ mich allerdings nicht ärgern, sah mir einfach mit ihr zusammen den Film an.
Am nächsten Morgen umkreiste das Biest meine frischen Brötchen, das Honigglas, die Butter und

landete auf der Käseglocke. Erwartete sie etwa, dass ich mit ihr zusammen frühstückte?

„Verschwinde!", schimpfte ich und wedelte mit der Zeitung. Die Fliege erhob sich, kreiste zweimal über dem Frühstücktisch, nahm auf meinem Messer Platz und schlenderte über die Schneide. Gefährlich!

„Mach', dass du wegkommst!", fauchte ich und griff nach der Fliegenklatsche. Sie verschwand und ließ mich in aller Ruhe frühstücken.

Nachmittags, als ich Kaffee aufbrühen wollte, füllte ich wie üblich die erforderliche Menge Wasser in die Glaskanne der Kaffeemaschine, um es daraus in den Vorratsbehälter zu gießen. Mit erhobenem Arm und gießbereiter Kanne starrte ich dann wie gebannt auf die kleine rote Kugel im Wasserstandsanzeiger. Dort, alle Beinchen auf dem obersten Punkt der Kugel zusammengedrängt, saß ‚meine' Fliege.

„Wie kommt die denn da rein?"

Aber ich konnte dort nicht an sie ran. Sie konnte jedoch auch nicht weg, denn ein Ausbreiten der Flügel war in der Enge nicht möglich und Hochkrabbeln an der glatten Röhrchenwand hatte sie bestimmt schon vergeblich versucht.

„Was mach' ich denn jetzt? Fliegen tun ja nichts, doch sie sind eklig. Raus muss sie da auch, aber wie? Ob ich ihr ein Essstäbchen zum Hochklettern hineinhalte? Und wenn sie in Panik ungeahnte Fähigkeiten entwickelt und mich beim Rauskommen beißt?"

Ich starrte auf die Fliege hinunter und sie wahrscheinlich zu mir herauf.

„Und wenn ich einfach Wasser in den Behälter fülle? Ertrinkt sie dann oder kommt sie strampelnd hoch und fliegt weg?"

Ich brachte die Kaffeemaschine auf den Balkontisch. Mit einem ganz langen Arm füllte ich vorsichtig, damit die Fliege ja nicht von ihrer Kugel abrutschte und ertrank oder nasse Flügel bekam, Wasser ein. Die Kugel schaukelte. Die Fliege hielt sich gut fest
„Ob sie mir gleich ins Gesicht fliegt? Uuaaah!"
Eine nasse Fliege im Gesicht...?! Ich schüttelte mich und zog den Kopf zwischen die Schultern. Langsam stieg die Kugel nach oben und als die Fliege den Röhrchenrand erreichte, breitete sie die Flügel aus und - entschwebte.

Zierfische

Stumm und unschuldig!? Von wegen! Stumm ja – zumindest scheint es uns so -, aber unschuldig? Diese schillernden Geschöpfe huschen verspielt zwischen Grünpflanzen, Steinbrocken und Wurzeln umher, aber sie zanken, beißen und bekämpfen sich.

Als ich mein Aquarium einrichtete, riet mir die Verkäuferin: „Nehmen Sie auch zwei Guppy-Pärchen."

„Ich will keine Guppys. Die vermehren sich so."

„Genau deswegen. Fische brauchen Lebendfutter. Die Guppys laichen oft und zahlreich und die Jungen sind Lebendfutter für Ihre anderen Fische."

Ich fand es barbarisch, befolgte aber den Rat.

Die Fische fressen jedoch nicht nur die Guppys, sondern sich auch gegenseitig und verschonen selbst den eigenen Nachwuchs nicht.

Jede ‚Mutter' setze ich vor der ‚Niederkunft' in ein Laichbecken. Der Kreißsaal ist durch einen waagerechten Rost geteilt, durch den die Kleinen sofort nach der Geburt fallen. In dieser ‚Babystube' können sie, ernährt von Jungfischfutter, in Ruhe heranwachsen. Entspringt jedoch ein Winzling dem Kindergarten, wird er gejagt, getötet und aufgefressen. Einige vorwitzige Jungfische wurden trotzdem groß, aber ihre ausgezackten Schwanzflossen zeugen von überstandenen Kämpfen, sind der Beweis für Schnelligkeit oder List.

Fische haben auch so ihre Eigenheiten. Barben schwimmen immer gemeinsam und sind gleich gezeichnet. Nur der Anführer ist bunt und ‚Richter'. Sollte einer in seiner Bande meutern, wird der

Übeltäter solange gedemütigt, bis er mit dem Kopf nach unten vor dem Schwarm steht. Sobald er sich dann verneigt hat, ist die Angelegenheit ausgestanden, und die Schar zieht gemeinsam weiter.

Panzerwelse schwimmen in Bodennähe hin und her, Schmerlen kreisen direkt über dem Boden. Sie mögen gern Schnecken und verstecken sich in Baumwurzeln. Gegen Schnecken, die leicht mit Pflanzen gratis geliefert werden, kaufte ich eine Saugschmerle. Sie lutscht im Aquarium Blätter, Pflanzen, Steine und Glas ab und ist wegen der reichlich vorhandenen Nahrung schon einige Zentimeter gewachsen. Ohne meine Hilfe könnte sie zwar nicht alle Scheiben sauber halten, aber... Da mich mit ihr mehr verbindet als nur Anschauen, taufte ich sie ‚Putzi‘. Die anderen Zierfische haben keine Rufnamen.

Für Farbkleckse zwischen Grün, Grau und Schwarz kaufte ich ein Pärchen rote Schwertträger. Als zu Hause das Transportglas beim Abstellen auf der Abdeckung des Aquariums knirschte, strömten alle Fische an die Wasseroberfläche. Waren sie nur neugierig oder hofften sie wegen des Geräuschs auf Futter? Sie drängelten sich jedenfalls in die Futterecke und stießen und stupsten sich wie üblich gegenseitig dort weg. Jeder hatte wohl Angst, nichts von den unter das Futter gemischten Leckerbissen für sich ergattern zu können. Ich streute jedenfalls mehr als gewöhnlich von den bunten Flocken ins Becken, hoffte, dass sie dadurch reichlich satt seien und deshalb die ‚Neuen‘ friedlich begrüßen würden. Das Futter wurde eiligst vertilgt, doch danach begann die Jagd auf die ‚Neuen‘ trotzdem.

Ein Schwertträger hatte wohl, vielleicht aus Angst vor dem Gedränge in dem fremden Becken, beim Hineinplumpsen einen Herzschlag bekommen. Dieser Tote war eine leichte Beute. Ein Panzerwels schnappte den Schwertträger und trug ihn im Maul vor sich her. Dass der Wels den ganzen Fisch für sich allein haben sollte, sahen die anderen nicht ein. Sie jagten ihn. Er ließ bald seine Beute los, hatte wohl Angst, die Bande bisse ihn selbst.

Eine Prachtschmerle erwischte den fallenden Fisch. Sie wollte sich damit in ihrer Wurzel verstecken, wurde jedoch daraus vertrieben und gejagt, bis sie ihre Beute los ließ. Jeder Besitzer biss sich einen Happen oder zwei ab und so wurde der Schwertträger immer kleiner. Sogar der ehemalige Partner beteiligte sich an der Jagd. Trotz des rüden Verhaltens der Fische finde ich sie nach wie vor sehr interessant. Gegen Abend, wenn es draußen schon dämmerig ist und die Wärmelampe die Unterwasserwelt des Aquariums anstrahlt, schimmern die Sauerstoffbläschen wie Perlen. Die huschenden Konturen der Fische erscheinen dann zwischen den sich wiegenden und verändernden Schatten der Pflanzen besonders geheimnisvoll. Flitzen dann noch die Platins in dem lebensvollen Halbdunkel umher, wirken sie mit ihren silbernen seitlichen Streifen wie zuckende Blitze und beschwören Gewitterstimmung.

Winterschlaf

Emily schritt durch das abgegrenzte Stückchen Garten, in dem ihre Rotwangenschildkröte Rowasi lebte, und balancierte auf einem Stückchen Pappe deren Lieblingsspeise - einen Regenwurm. Neben einer knorrigen Baumwurzel blieb sie stehen, rief: „Rowasi! – Rowasi!"

Nirgendwo an der Wasseroberfläche oder den Uferrändern des kleinen Teiches tauchte eine spitze Schnauze oder ein gepanzerter Rücken auf. Emily bog die Blätter des Farns zur Seite und hob die Seerosenblätter an: Niemand da.

„Rowasi! Rowasi!" lockte Emily und schritt langsam über die Trittsteine zwischen den Rohrkolben. Ein Brummer surrte vor ihrer Nase her. Emily erschrak, hielt den Pappdeckel schräg und der Regenwurm platschte ins Wasser.

„Verdammt!"

Sie setzte sich neben die Baumwurzel auf einen Stein und blickte hinüber zu den Seerosen. Die Schildkröte war gern in dem niedrigen Wasser dort und benutzte die Blätter, je nach Wetterlage, mal als Sonnen- und mal als Regenschirm. Ihre Hinterfüße standen dann auf dem Boden und ihre Vorderbeine lagen auf dem Stiel eines Blattes. Stundenlang konnte sie in dieser Stellung beobachtend ausharren. Ihren schwarzen Knopfaugen entging dabei nichts. Denn sobald etwas für sie Interessantes oder Wichtiges in ihrem Gebiet passierte, ruderte sie mit kräftigen Schwimmstößen zu der Baumwurzel, kletterte an Land und stampfte los. Sie war nicht die Schnellste, aber...

Einmal hatte Iwan, der schwarze Kater des Nachbarn die Schildkröte auch unterschätzt. Rowasi erwischte zwar nur noch seine Schwanzspitze, doch der Biss sorgte dafür, dass die Katze bei der Mäusejagd in den Gärten nicht mehr den Weg durch ihr Gebiet nahm.

Ein Vogel schwirrte vorbei und ließ über dem Teich einen Klecks fallen. Einige Kringel wellten sich zum Rand, und dann war die Wasseroberfläche wieder spiegelglatt.
Die junge Frau schob einige Kiesel hin und her. Im Sommer hatte die Schildkröte sich hier neben ihr gesonnt. Bevor Rowasi allerdings zum Sonnenbaden zu ihr stapfte, beobachtete sie von ihrem Aussichtsturm, der Wurzel, das Terrarium. Beim Sonnenbaden streckte sie dann Füße und Kopf soweit wie möglich unter dem Panzer hervor und döste vor sich hin. Erschreckte sie sich jedoch, wurde sie blitzschnell zu einer Halbkugel und lag da wie ein großer Kieselstein. Hatte sie sich von ihrem Schreck erholt, hob sich ganz langsam der Panzer und ihre spitze Nase lugte darunter hervor. Emily lächelte.
„Rowasis Nasenspitze habe ich dann erzählt, dass keine Gefahr besteht und nacheinander erschienen langsam Vorderfüße, Hinterfüße und zuletzt der Kopf."
Die Sonne verschwand hinter einer dunklen Wolke. Emily stand auf, zog die Jacke wieder an und schritt langsam auf den Trittsteinen um den Teich. Sie bog Ranken auseinander, hob Blätter und Rispen an und schaute auch unter den Farn. Vergebens.
Kater Iwan sprang vom Zaunpfahl und trabte mit hoch erhobenem Schwanz heran.

„Hallo!“ Die junge Frau setzte sich wieder. „Dass du dich hierher traust, heißt wohl, dass Rowasi sich schon für den Winter eingegraben hat, stimmt's?“

„Riauau!“

Der Kater hopste auf Emilys Schoß. Sie kraulte ihn unterm Bart, zwischen den Ohren und fütterte ihn mit den Katzen-Leckerlis, die Rowasi hatte haben sollen.

„Du wirst jetzt also wieder die Abkürzung durch ihr Gebiet nehmen und wohl auch darin auf Mäusejagd gehen.“

Der Kater schnurrte.

Nebelschwaden nisteten zwischen den Baumkronen. Der Wind raschelte mit dem Schilf und ließ braune Blätter auf der Terrasse tanzen. Emily seufzte.

„Rowasi hat es gut.“ Der Kater schmiegte seinen Kopf in ihre Hand. „Sie verschwindet einfach in ihrer selbst gegrabenen Höhle und verschläft die dunkle und kalte Zeit.“

„Njauau“, bestätigte Iwan, sprang vom Schoß und trabte zum Zaun. Emily blickte noch mal suchend über den Teich, ging dann ins Haus und ließ die Rollladen herunter.

❄ ❄ ❄

Elenas Reise zur Rentierwiese

In dem schmalen Fachwerkhaus am Ende der Dorfstraße saß Elena am Tisch und malte mit Buntstiften die Bilder im Malbuch aus. Ab und zu hielt sie mit der eifrigen Strichelei inne, kaute am Stift und sah ihrem Großvater beim Besohlen ihrer Stiefel zu. Die Dämmerung kroch in die kleine Stube. Als sich der Himmel rosa färbte, sagte Elena:
„Kuck' mal, Opa, Christkindchen backt."
Der Großvater hielt mit Hämmern inne und schaute über seine zur Nasenspitze gerutschte Brille in den Abendhimmel. Elena balancierte über die schwarzen Striche im Teppich zum Fenster und kletterte auf das Brett zwischen Spüle und Fensterbank.
„Im Kindergarten erzählte Frau Born heute vom Nikolaus und dass er bald sein Rentier Rudi von der Rentierwiese abholt."
Elena beobachtete die von den Bäumen herabtrudelnden Blätter, wie sie in die Ecke zum Gartenzaun schwebten und der Laubberg dort immer größer wurde. Eine Windböe wirbelte plötzlich das Laub in die Höhe. Langsam schaukelten die Blätter wieder zur Erde und formten einen Schlitten, auf dessen Kutschbock eine gestreifte Katze saß. Die Katze winkte zu dem Mädchen herüber, lenkte den Schlitten vor die Haustür und maunzte: „Komm, steig ein."
Elena blieb jedoch sitzen.
Die schwarzweiße Katze, die auf der Rückbank gesessen hatte, sprang herunter und aus dem Schlitten. Sie stellte sich auf die Hinterpfoten und verbeugte sich vor Elena.

„Opa, die Katze neben dem Schlitten sieht aus wie unser Krümel. Opa, sie miaut, ich soll einsteigen.“

Der Großvater sah hoch und lächelte. Er kannte die Fantasie des Kindes. Die Kleine schaute aus dem Fenster, sah die Schwarzweiße winken und hörte sie rufen: „Komm, steig ein, wir wollen dich zur Rentierwiese fahren.“

Elena traute sich jedoch nicht hinaus, betrachtete nur mit großen Augen den Schlitten. Die Tigerkatze, die die Zügel hielt, ahnte, warum Elena zögerte und rief: „Du brauchst wirklich keine Angst zu haben, trau dich.“

Elena blickte noch mal zum Großvater hinüber, sah ihn lächeln und ging zum Schlitten.

Die Schwarzweiße half ihr einsteigen, deckte sie mit einer Pelzdecke sorgfältig zu und setzte ihr auch noch eine Fellmütze auf. Danach sauste die kleine Reisegesellschaft mit Peitschenknallen und Schellengeklingel davon.

Langsam wurde es dunkler und immer mehr Sterne funkelten. Der Mond hörte das Läuten der Glöckchen, schob eine Wolke beiseite und sah den Schlitten mit Elena über die Milchstraße Richtung Polarstern sausen.

Genau neben dem Polarstern hielt die Tigerkatze und eine dunkle Stimme fragte: „Hallo – kleines Fräulein?“

Elena kroch unter die Pelzdecke.

„Hallooo!“, sagte die Stimme wieder. Das kleine Mädchen lugte über den Deckenrand und erspähte eine hohe Pelzmütze über einem dicken weißen Bart. Ganz langsam setzte es sich gerade hin, holte tief Luft und fragte leise: „Bist du der Nikolaus?“

„Ja, der bin ich“, antwortete der Nikolaus, „und du bist Elena aus Kirchhausen.“

Elena nickte und der Nikolaus sagte: „Ich bin auf dem Wege zum Christkind. Vorher besuche ich aber die Rentiere. Willst du mitkommen zur Rentierwiese?"
„Ja", hauchte Elena, denn laut sprechen konnte sie nicht, weil in ihrem Hals ein dicker Aufregungskloß saß.
Der Nikolaus schlug die Pelzdecke zur Seite, nahm das Mädchen auf den Arm und stapfte mit ihm durch den hohen Schnee. Die Rentiere hörten und sahen natürlich die beiden kommen, liefen zu ihnen und umringten sie. Der Nikolaus streichelte hier über ein weiches Tiermaul, kraulte da ein Ohr und ging langsam weiter dabei. Vor einem gefleckten Tier mit leuchtend roter Nase blieb er stehen und klopfte ihm den Hals.
„Guten Tag Rudi. Ich hoffe, du bist gut bei Kräften, denn bald darfst du wieder meinen schweren Schlitten mit den Geschenken zur Erde ziehen."
Rudi wieherte leise. Der Nikolaus strich ihm über die dunkle Mähne. Das Rentier wendete den Kopf und betrachtete Elena mit seinen samtigen glänzenden Augen.
„Das ist Elena", stellte der Nikolaus vor.
„Hallo, Elena", begrüßte Rudi sie und fragte: „Gefällt es dir bei uns?"
„Du kannst ja sprechen!", staunte sie.
Das Ren schnoberte, während es den Kopf mit dem mächtigen Geweih bestätigend hob und senkte.
„Rudi, im Kindergarten erzählte heute Frau Born von der Rentierwiese. Da Elena dein Zuhause gern sehen wollte, haben die Katzen sie mit dem Blätterschlitten her gebracht."

„Gefällt es dir bei uns?“, fragte Rudi noch mal. Elena hob und senkte den Kopf, so bedächtig wie vorher das Ren sein Geweih.

„Rudi, da du doch den Weg zur Erde kennst, wollte ich dich bitten, Elena nach Kirchhausen zurück zu bringen.“

„Das mache ich doch gern“, antwortete er und ließ seine rote Nase aufleuchten.

„Das ist lieb von dir, mein Starker.“

Der Nikolaus setzte Elena auf den Rücken des Tieres, zog ihr fürsorglich die Mütze tief in die Stirn und über beide Ohren.

„Halt dich gut fest in der Mähne.“

Er strich dem Rentier noch mal über das weiche Maul, gab ihm einen liebevollen Abschiedsklaps und schon galoppierte Rudi mit dem kleinen Mädchen durch die Sternennacht nach Kirchhausen.

Freundschaft

Die Mädchen und Jungen des Waisenhauses Margarethe führten, ob Sommer oder Winter, jeden Samstag die Hunde des Städtischen Tierheimes aus. In der vergangenen Nacht hatte es gefroren. Die Kinder mummelten sich für den Spaziergang warm ein, denn Weihnachten wollte niemand krank sein. Auf dem Weg zum Tierheim holten sie noch Malte ab. Bis seine Mutter abends zurückkommen würde, gehörte er zu ihnen. Die Erzieherin führte Malte; er behielt aber trotzdem seinen weißen Stock in der rechten Hand.
Aufgeregtes Gebell von kleinen und großen Hunden ließ die Kinder schnell laufen und als sie den Hof erreichten, jaulten einige Tiere und andere sprangen gegen die verschlossenen Zwingertüren. Kathrin rannte zur Box ihres Lieblings, erschrak über die offene Tür und sah sich um.
„Wolli! Wooolliiii!?"
Die Tierpflegerin kam.
„Er ist vorhin abgeholt worden."
Katrin lehnte sich gegen die Gitterstäbe. Dicke Tränen kullerten über ihre Wangen. Die Tierpflegerin nahm den Trinknapf aus dem Käfig.
„In seiner neuen Familie sind viele Kinder; und er wird dort bestimmt sehr geliebt. Möchtest du heute bei der Colliehündin mitgehen?"
Katrin schielte zu dem langhaarigen braunweißen Hund, schüttelte den Kopf und wischte energisch die Tränen ab. Sie stellte sich neben Malte, putzte sich die Nase und sagte: „Hoffentlich gefällt es Wolli da." Malte hängte sich bei ihr ein und erzählte von seiner Schule.

Die anderen Kinder spielten mit den Tieren auf der Wiese und zwischen den Sträucher. Jagen, stehen bleiben, schnuppern und wieder losrennen – alle genossen das Herumspringen und Toben. Einige Mädchen und Jungen spielten – in Gedanken – mit dem eigenen Hund.

Wie immer verflog die Zeit nur allzu schnell. Zum Abschied knuddelten die Kinder ihre Lieblinge, flüsterten mit ihnen und kraulten sie noch mal durchs Gitter der Box. Diesmal fiel den Mädchen und Jungen die Trennung nicht ganz so schwer, denn sie wussten, dass sie heute auf dem Rückweg über den Weihnachtsmarkt gehen würden.

Lichterketten beleuchteten die Straßen und wiesen zusammen mit dem verheißungsvollen Duft von gebrannten Mandeln und heißen Waffeln den Weg zum Weihnachtsmarkt. An der ersten Bude drängelten die Kinder, wollten schnell alles sehen. Danach schlenderten sie zu zweit oder dritt weiter, begutachteten an den Ständen Aufziehspielzeug, Puppen, Stofftiere und drückten ihre Nasen platt am Schaufenster mit der elektrischen Eisenbahn.

Katrin blieb bei Malte. Sie las ihm die Sprüche auf den Lebkuchenherzen vor, geleitete ihn zu den Märchenfiguren und hörte sich mit ihm zusammen die Lieder zu den Märchen an. Danach führte sie ihn zu den Spielzeugautos, nannte ihm die Farben und er ertastete die Feinheiten. Sie erzählte ihm von den Lichterketten, den bunten Kugeln und Sternen, doch beim Streicheln der kleinen und großen Kuscheltiere schwieg Katrin und schniefte. Malte streichelte ihren Arm.

Auf dem Heimweg begann es zu schneien. Erst tanzten winzige und dann immer dickere Flocken. Die Kinder

fingen die glitzernden Sterne und ließen sie auf Händen oder Zunge schmelzen. Als sie ihr Zuhause erreichten, bedeckte der Schnee dort schon Wiesen, Sträucher und Bäume. Vor dem Eingang zum Haus flogen zwar ein paar Schneebälle, aber die Mädchen und Jungen wollten schnell hinein. Irgendwer hatte behauptet, dass heute schon die große Überraschung da wäre und nicht, wie sonst, erst am Heiligen Abend.
Im Vorraum halfen die Großen den Kleineren beim Ausziehen. Als sich die Verbindungstür zur Halle endlich öffnete, drängten alle hinein. Wie seit Tagen stand dort die große Tanne. Heute brannten allerdings auch die Kerzen. Doch nirgendwo entdeckten sie ein riesiges Paket oder einen nur mit einem Tuch zugehängten Gegenstand. Katrin schnüffelte und Malte griff nach ihrer Hand.
„Mach dir keine Sorgen um Wolli. Sie sind bestimmt gut zu ihm."
Nebeneinander betraten die beiden den Raum. Plötzlich schaukelten die bunten Kugeln, der Tannenbaum schwankte, und ein braun-weißer Zottel robbte unter den Zweigen hervor. Der Hund tapste schwanzwedelnd zu Malte und Katrin. Sie schrie: „Wolli!", plumpste auf die Knie und zog Malte zu sich herunter. Beide umschlangen Wollis Hals, vergruben die Gesichter in seinem weichen Fell, kraulten ihn und lachten und weinten gleichzeitig. Auch die anderen Kinder streichelten und knuddelten den Bernhardiner.
Und er? Er schien all die Zärtlichkeiten seiner neuen Familie zu genießen.

Es schneit

mal kleinere, mal größere Flocken.

An den dünnen, blattlosen Zweigen der Bäume bleiben
sie hängen, umschließen sie, legen sich in weißen
Streifen auf die schwarzen Äste,
verschmelzen Felder und Wiesen zu einer Einheit.

Grauer Himmel verspricht noch mehr Schnee,
der auch liegen bleiben wird,
denn es ist seit Tagen kalt und der Boden gefroren.

Die warme Luft im Zimmer umschmeichelt meine Nase
und ich lächle,
strahle vor Behagen;
komme mir vor wie auf einer Insel,
nicht einsam, sondern verwahrt, behütet und
beschützt.

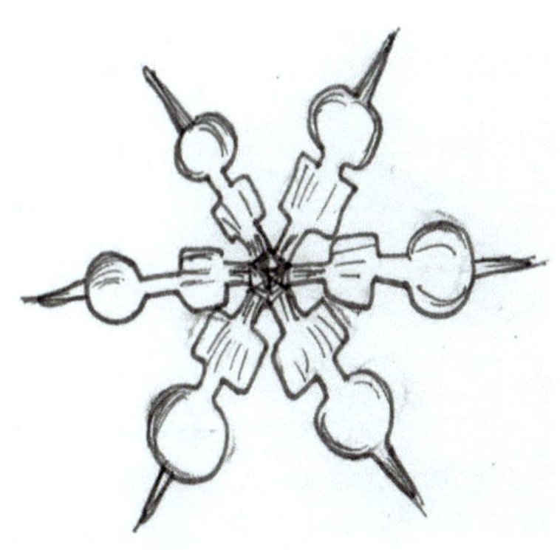

Inhaltsverzeichnis

Die Autorin

Wilma Frohne, 1931 in Bochum geboren, gab nach der Geburt ihres ersten Kindes ihren Beruf als Industriekauffrau auf. Heute lebt sie in Schwerte, schreibt Erzählungen für Kinder und Erwachsene, ist Mitglied im Hagener ‚Ruhr-Mark-Autorenkreis' und bei den ‚Federfüchsen' in Schwerte, veröffentlicht in Anthologien und Zeitschriften.